JN145871

五七五の夏

万乃華れん　作　　黒須高嶺　絵

もくじ

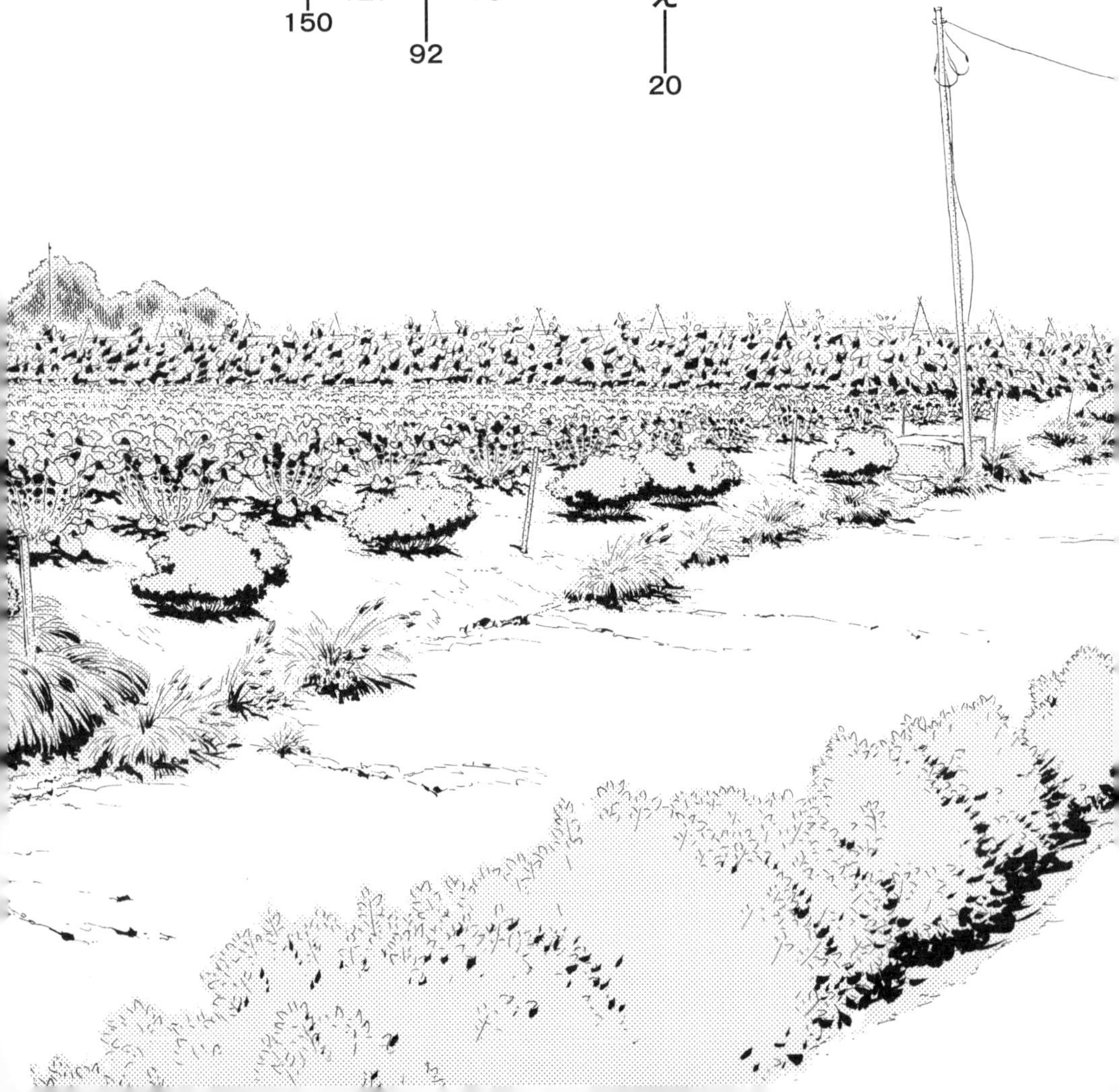

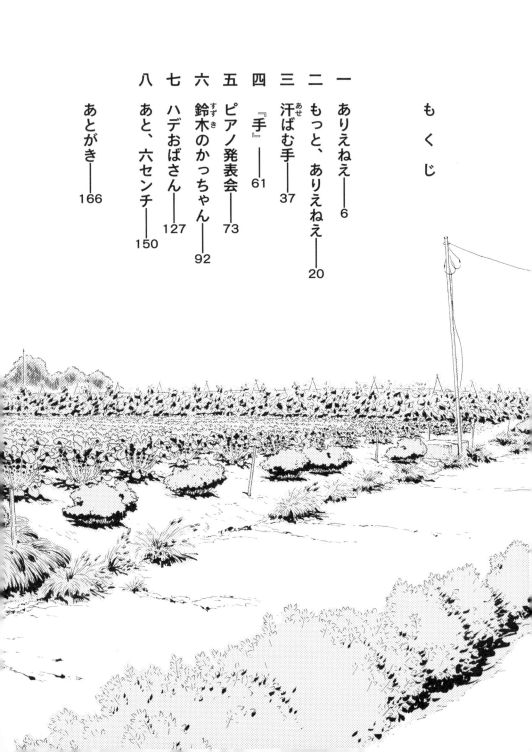

五七五の夏

一　ありえねえ

父ちゃんと母ちゃんの名前が、新聞にのった。
こんなこと、ありえねえ。

学校新聞でも、町内新聞でもない。全国に配達される新聞だ。
どう考えても、ありえねえ。

あの、ド素人《しろうと》が、最優秀《さいゆうしゅう》賞《しょう》なんて。
まじで、ありえねえ。

夫婦《ふうふ》川柳《せんりゅう》だぜ。
ぜったいに、ありえねえ。

「あかぎれて　お酒つぐ手を　ネコの手に」
「さかずきを　置いてネコの手　包みこむ」

一年中、水仕事をしている母ちゃんの手は、一年中乾燥《かんそう》して、ひどくヒビわれている。

きっと、そんな手は、父ちゃんにでさえ、見せたくないんだろう。
お酒をつぐときも、ネコのように手をまるめて、指をかくす母ちゃん。
そして、その手を包みこむ父ちゃん。
なんだか、そこに愛があるみたいで、たしかにいいかも。

＊　＊　＊

オレんちは、八百屋《やおや》だ。
父ちゃんはほとんど毎日、朝早くに家を出て、市場《しじょう》へ野菜を仕入れにいく。

でも、それだけじゃない。農家から、直接、仕入れてくる野菜もある。

そういう野菜は、大きさがばらばらだったり、形がへんてこだったりと、見た目はよくない。農薬を使っていないから、虫が食った穴《あな》があいていたりもする。けど、どれも味は最高だ。

だから父ちゃんは、一軒《いっけん》、一軒、農家をまわっている。腰《こし》の曲がったおじいさんやおばあさんが、ひとりでやっているような農家に足を運んでくる。

「いいよ、いいよ、そんなことしなくて。うちでやるからさ」

どうせこんなふうに、いい顔をしてくるんだと思う。

父ちゃんはいつも、土や泥《どろ》がついたままの野菜を持ってくる。

その土や泥を洗《あら》い流して、きれいにするのは母ちゃんだ。

むかし、オレは母ちゃんにいったことがある。

「ねえ、ゴム手袋《てぶくろ》してやれば」

小学校に入ったばかりのころだったから、もう、五年もまえのことか。

母ちゃんは手を休めることなく答えた。

「母ちゃんは、ただ、洗ってるだけじゃないのよ。野菜の顔や肌《はだ》を、たしかめながら洗ってるのよ」

「顔や肌？」

そんなものが、野菜にないことはもちろん知っていた。それでもオレは、水がはられたたらいの中のニンジンを、のぞきこんで見た。

「そう。順平《じゅんぺい》のひざこぞうみたいに、ザラザラしたケガのあとはないかなとか、母ちゃんみたいに、ピンピンした肌をしてるかなってね。そういうのって、ゴム手袋をしていたらわからないでしょ」

そういって母ちゃんは目を細め、土のついたニンジンを洗っていた。

暑い夏も、寒い冬も、あれからずっと、休みなく洗っている。

切れた口が、ふさがるひまはない。一本の指に、二ケ所も、三ケ所も、母ちゃんの手は、いつも、いたそうにあかぎれている。

それを、父ちゃんには見せないようにしようという気持ちを詠《よ》んだ川柳《せんりゅう》は、たしかに、オレの胸《むね》にもジンとくる。


でも……。

でもっ！

こんなのは、うそっぱちだ！

だって、いつもはこうなんだ。


「おーい、酒！」

「『おーい、酒』　よんできたなら　魔法使《まほう》い」

「使えたら　小さくしてやる　そのドケツ」

「ドケツってなによ！　タヌキみたいな腹《はら》のあんたに、このちょっと大きめのおしりのことなんて、いわれたくないわよ」

「なにが、ちょっと大きめだ。カバの倍あるくせに」

「なんですって！」

「いいから、つべこべいってないで、早く持ってこい！」

大声を出したあとの父ちゃんは、オレを味方につけようと、いつも小声で同意を求めてくる。

「ったく。肉屋じゃねえんだから、わざわざ、あんなうまそうに太る必要ないのに、なあ」

　これが、昨日の夜のこと。

　で、今日の朝はというと。

「順平《じゅんぺい》、宿題やったのっ！」

　母ちゃんに布団《ふとん》をめくられたのは、目覚まし時計がなるまえだった。

「なんべんも　いわせないでよ　『宿題は？』」

　べつに、いわなくてもいいのに。できればこっちだって、そんな言葉は聞きたくないんだ。

　めんどうだから、オレは一週間まえとおなじ川柳《せんりゅう》を詠《よ》んでおく。

「宿題を　広げた瞬間《しゅんかん》　かぜひいた」

「バカなこといってないで、さっさと起きてやりなさい。今日は、参観日なのよ。毎回、毎回、はじをかかせないでよね」

　それは、こっちのセリフだよ。

「たのむから　目立ってくれるな　参観日」

「あんたもね　目立たないでよ　手をあげず」

「だいじょうぶだよ。『参観日　みんな左手　だれあてる？』ってね」

「なによ、それ？」

「ほんとうにわかってるヤツは、右の手。ほんとうはわかってないヤツは、左の手って決まってるんだよ」

「へー、あの、じいさん先生、そんなシャレたこと考えるの」

え、なに？　その感心したふうないいぐさ。

かなりの予想外な返事にびっくりしながらも、オレは軽く答えておく。

「いまどき、じょうしきだよ」

そこに、グッドタイミングで、父ちゃんが帰ってきた。階段《かいだん》の下から、へにゃへにゃの声が聞こえてくる。

「お～い、腹《はら》へったぁ～」

へへーん。宿題の話は、これで終わりだ。

さあ、朝メシ、朝メシ。オレは階段を、ささっと下りていく。

四角いテーブルの上には、焼きナスと、さといもの煮《に》っころがし。それから、なめこの味噌汁《みそしる》に、キュウリのぬかづけ。と、もちろん野菜たっぷり。

野菜だけで、こんなにいろんな料理ができるなんて、母ちゃんは、ある意味、天才だ。

その野菜をたらふく食べた父ちゃんが、お茶をすすりながら、たたみに新聞を広げている。

「おいおい、また、総理大臣《そうりだいじん》、代わるのかぁ？」

一面が終わった。

「野球も、サッカーも、テニスも、スポーツ選手は海の向こうで、こんなにがんばってるというのによぉ」

わー、だいぶとばしたね。もう、スポーツ面。

「日本は、まだまだ。どうも、パリッとしないねえ」

いつもこんなふうにブツブツいい、読んでるふりをしてさっさとテレビ欄《らん》にうつる父ちゃんが、じっと新聞を見ている。

そして、うわずった声を出した。

「お、おい」

冷たい視線《しせん》を送ると、こんどはどなりだす。

「オイッ！」

「ナニッ！」

オレと母ちゃんは声をそろえた。

「の、のってる」

「なにが」

さすが、親子だ。また、そろう。

「ここ」

「どこ」

いてっ。母ちゃんの石頭！

オレはちらつく星をふりはらい、父ちゃんが向けてきた新聞をのぞきこんだ。

最優秀賞《さいゆうしゅうしょう》

「あかぎれて　お酒つぐ手を　ネコの手に」

「さかずきを　置いてネコの手　包みこむ」

神田　一平

みさ子

うわっ。オレの頭が正常ならば、これは、父ちゃんと母ちゃんの名前だ。

「かして！」

言葉を失うオレの前で、母ちゃんはゼロの数をかぞえだす。

「一、十、百、千、万。ちょっとぉ！　すごいじゃないの。十万円よ！」

「だろっ！」

「やっぱりわたしの、この『ネコの手』がよかったのよ。『十万円　運ぶこの手は　まねきネコ』ってね」

「じょうだんじゃねえ。そのあとの『包みこむ』が、夫婦愛《ふうふあい》をビシッと決めてるんだよ」

いばりくさった父ちゃんに、母ちゃんは背中《せなか》を向けた。

そして、悪代官のようにムフフと笑ってからふりかえる。

「そうよねえ。たしかに、この『包みこむ』がなかったら、ダメだったかもしれないわ。あんたって、天才」

「だろうとも」

ここで、演技《えんぎ》も入る。皮膚《ひふ》二ミリだけはニコッとした母ちゃんが、三十度くらい、父ちゃんにかたむいた。

「苦労した　この手ほしがる　ひかりもの」

母ちゃんの半音あがった声は、なかなかのキモさだ。

けど、その半音が、よけいだったんじゃないのか。

皮膚二ミリの下を、父ちゃんも見ぬいた。くっくっと、意地悪く笑いながらいう。

「軍手の手　イワシにサンマ　よく似合《にあ》う」

父ちゃん、うまい。

おなじひかりものでも、母ちゃんがいうのは、ダイヤモンド。父ちゃんのいうのは、青魚ってわけだ。

でも、軍手はまずいだろ。
ほら。
「軍手！　あんた、いま、
この手のことを、軍手って
いったわけっ」
「ああ、いったよ。なんなら、
そのワラジみたいな足のことも
いってやろうか」
「なんですって！」
母ちゃんは目じりを
つりあげた。
そのあと、口の左はし
だけをわずかに持ちあげて、
一瞬《いっしゅん》、鼻で笑った。

もちろん、父ちゃんも見のがしていない。息をあらくして、まくしたてる。

「あっ、おまえ、いま、こっそり買ってやるって思っただろ。そんなことしたら、ただじゃおかねえぞ！」

しかし、これほどツノが似合《にあ》う顔はそうそうない。と思ったのは、オレだけではなかった。

「おい、順平《じゅんぺい》。ツノが似合うコンテストっていうのはないのか？　そういうのがあれば、もう十万円くらいは、簡単《かんたん》に手に入るのに、なあ」

いつものように父ちゃんは、小声で同意を求めてくる。


だから。

な、ありえねえだろ？

いったい、どんなヤツらが選んだんだ？

審査員《しんさいん》の顔が見てみたいぜ。

二　もっと、ありえねえ

せっかくの土曜日だというのに、今日は授業参観《じゅぎょうさんかん》のためにわざわざ登校。しかも、二時間目は国語で、三時間目は社会だぜ。どうせ、たいくつに決まっている。

オレは通常授業の一時間目が終わっても、廊下《ろうか》側、後ろから二番目の席にへばりついたまま、だらだらとすごしていた。

千夏《ちなつ》も「はいっ！」なんて、元気に手をあげるタイプじゃないから、ゆううつなんだろう。さっきからとなりで、小さなため息をくりかえしている。

そうしてるうちに、スリッパを引きずる耳ざわりな音をひびかせて、大人たちがぞろぞろと教室に入ってきた。

授業参観といっても、六年生ともなれば、親はなれてくる。あちこちで、ペチャクチャ、ペチャクチャと、まったく緊張感《きんちょうかん》がない。

中でも、オレの母ちゃんは格《かく》がちがう。

きゃっはっは、きゃっはっはっは。けたたましい笑い声は、すでに目立っている。

べつに、千夏がとなりにいるからって、かっこいいところを見せようなんてつもりはぜんぜんない。ただ、はじをかくのはまぬがれたいだけだ。

それなのに。

だから、目立つなっていっただろ！　という、キレ気味の視線《しせん》を送ろうと、後ろを向いたオレは、あきらめるしかなかった。

オレの母ちゃんは、拓也《たくや》の母ちゃんと仲よくならんでいる。向かうところ敵《てき》なしの、最強コンビだ。

このとき、もう覚悟《かくご》は決めたけど、まさかこんな展開《てんかい》になるとは……。

「えー、この四字熟語《よじじゅくご》の意味がわかる人」

「はいっ、はいっ！」

磯《いそ》じいの最初の質問《しつもん》に、オレの二列前でひときわいせいよく、左手をあげているのは拓也だ。

「いま、左手をあげてる子、あの子たち、ほんとうはわかってないんですってよ。

うちの子も、左手ですけどね。きゃっはっはっは」

「やだ、そうなの？　うちの子も、左だわ。がっはっはっは」

ひょっとして、あれって、ないしょ話のつもり？

笑っているのは、オレの母ちゃんと拓也《たくや》の母ちゃんだけだ。

ハゲかかった、磯《いそ》じいの広い額に汗《あせ》が見える。

でも、だてに年は取っていない。

磯じいは白いハンカチで、汗をふきながらいった。

「えー、それでは、右手の佐藤《さとう》くん」

みんながいっせいに、笑いだしたことはいうまでもない。

けれどもオレの母ちゃんに、罪《つみ》の意識《いしき》はこれっぽっちも見あたらない。

年ごろのオレの気持ちも、まったくわかっていないんだろう。

きゃっはっはっは、きゃっはっはっは、という笑い声は、爆笑《ばくしょう》のうずの中心にいた。

とうぜんそれからは、だれの左手もあがることはなく、磯じいの質問《しつもん》もだんだんとへっていき、ただひたすらたえてすごした学校の帰り道。

「しっかし、あっちぃーなあ」

拓也が、からっぽの水筒《すいとう》を口の上でふった。

「やるよ」

オレは、かろうじて残っているお茶を差し出す。もちろん、おわびのつもりだ。

「いいのか?」

「ああ。今日は、悪かったな」

「あー、あれね。べつに、いいんじゃないの。右手の佐藤くん、うけてたし」

ふっ。こういう、のんきな性格《せいかく》はありがたい。

お茶を飲みほした拓也は背《せ》のびをして、でかいからだを、もうひとまわり大きくしていった。

「んー、参観日も終わったし、早く、夏休みになんねえかなあ」

「夏休みねえ。まだ、七月にも入ってないぜ」

「あれ、そうだっけ?」

「そうだよ。それに、六年生って、めっちゃ宿題あるらしいし」

「まじかよ。あっ、宿題といえば、今日も、漢字の書き取りあったよな」

「おお」

「順平《じゅんぺい》、……やる？」

「やらねえ」

「ほんじゃ、また来週、いっしょにしかられようぜ」

「オッケー」

オレはそう約束して、角を曲がった。

すると、がっはっはっは、がっはっはっはと、特徴《とくちょう》のありすぎる笑い声が聞こえてきた。まちがいなく、拓也《たくや》の母ちゃんだ。

その出どころは、オレんち、八百平《やおへい》。まだ、五十メートルもあるのに聞こえてくるすごさ。いったい、なんの話をしているんだか。

「ただいま」

「おかえりっ」

父ちゃんに母ちゃん、それと、店先の日よけテントの下でナスを選ぶ拓也の母ちゃんをふくめた、四、五人の客が返事をしてくれた。

にぎわってるな。そうか、今日は土曜日、特売日か。

ここぞと、母ちゃんがはりきっている。

「『特売日　両手ふさがり　腹《はら》で持つ』ってね。今日の大根は、かかえてでも持っていく価値《かち》があるわよ。ほら、このとおり、太くてまっすぐ。それでいて、皮はうすくてモチ肌《はだ》。そのうえ、この値段《ねだん》なら、いうことなしでしょ。拓也《たくや》くんのお母さんも、大根どう？」

「そうねえ」

身を乗り出す拓也の母ちゃんに、父ちゃんはいう。

「『こりゃ、残念　三段《さんだん》あっても　役立たず』。うちの女房《にょうぼう》といっしょだね」

拓也の母ちゃん、三段腹っていわれて笑ってるよ。しかも、「がっはっはっは」

じゃ、拓也も苦労するよな。

「なんなら、あとで、順平《じゅんぺい》に持っていかせるよっ」

「そう？　悪いわね。じゃあ、順平ちゃん、二本、たのむわ」

「りょうかーい」

麦茶を飲もうと冷蔵庫をあけたら、母ちゃんが作った野菜ゼリーがあった。

それをふたつばかり食べて、しばしくつろいだオレが、両脇《りょうわき》に大根をかかえて、さあ、店を出ようとしたときだ。

背中《せなか》の向こうから聞こえる声が、オレの足をつかんだ。

「ちょっとぉ、見たわよ。あれ、八百平さんでしょ？」

ふりかえると、母ちゃんがにんまりした顔で聞きかえしている。

「あれって、新聞？」

「そうよ」

「やだあ、なんだか、はずかしいわ」

「なんやかんやいって、仲がいいんだから、うらやましいわよ」

「そんなことないわよ」

いっけんてれたように客からはなれた母ちゃんが、オレの横にいた父ちゃんに耳打ちした。

「これで三人目よ。くっ」

おそろしい。

オレは悪夢をふりはらうように、猛《もう》ダッシュした。

五分も走れば、拓也《たくや》んちには到着《とうちゃく》する。拓也の母ちゃんに大根をわたせば、任務《にんむ》完了だ。

さっそくオレは、クーラーのきいたすずしい部屋へいき、カートレースに夢中になる。テレビ画面に向かって、「ブーーーン、ブーーーン」とか、「キキキキキィーーッ！」とか、大声を出しながら、たくみにコントローラーを操作《そうさ》。

となりで拓也が、「安全運転でいこうぜ」なんていって、アイテム取りに必死になっているうちに、オレはぶっちぎりの強さを見せつけてゴール。これで、トータルは七勝三敗。気分は最高だ。

おかげで、八百平にうかれたふたりがいることは、すっかりわすれて帰ってきた。

父ちゃんがネギを手に取ったオバサンに、声をかけるのを聞くまでは。

「おじょうさん、『ひととおり　にぎりつぶして　えりすぐる』かい？」

「あら、いやだ、ひととおりなんて。四、五本さわっただけよ」

「いいよ、いいよ、全部さわってもいいよ。ネギっていうのは、おして弾力《だんりょく》があって、にぎってシマリがあるのがいいんだから」

「そうよね」

「ああ、そうさ。これなんか、どう?」

「あら、よさそうね。じゃあ、それにしとくわ」

「へい、まいど。安くしとくよ。『美人くりゃ　目じりさがって　値《ね》もさがる』ってね」

あーあ、レジから出てきた母ちゃんも加わった。

「いいけどさ　あんたのこづかい　へるだけよ」

「そりゃこまる　奥《おく》さんおねがい　これ買って」

「その調子　ほうれんそうが　しなびそう」

あっはっはっは。と、みんなが笑いだしたところで、父ちゃんは声をはりあげる。

「さあ、ほうれんそう、買った、買った、買ったー」

いきおいづいた父ちゃんが、次に手にしたのは枝豆《えだまめ》だ。

「今日は枝豆も、どう?　枝つきの、新鮮《しんせん》なのがあるよ。『給料日　ビールに枝豆ついてくる』って、ご主人、きっと、期待して帰ってくるよ」

すると、待ってましたと母ちゃんが。

「『枝豆と　亭主《ていしゅ》の頭　毛がだいじ』ってね。サヤの毛が濃《こ》いのがいいわよ」

400円

「まいったね　そろそろいるか　育毛剤《いくもうざい》」

「まいったわ　そろそろさげる？　この値段《ねだん》」

で、またまた、大笑い。

その中で、父ちゃんは声をひびかせる。

「枝豆《えだまめ》も、安くしとくよ。さあ、買った、買ったー」

ほうれんそうも、枝豆も完売。今日の特売日は、大盛況《だいせいきょう》で終わったようだ。

シャッターを下ろした母ちゃんが、決まり文句《もんく》のように大きく息をはく。

「はぁー、つかれたわね」

でも、顔はいきいきしている。おまけに、指を折ってかぞえだした。

「高橋さんでしょ。それから、加藤《かとう》さんに、鈴木《すずき》さん」

大根を買っていった人の数じゃない。

あの、にまにました顔は、新聞を見た人をかぞえているのだろうと想像《そうぞう》はつく。

「あっ、それと、拓也《たくや》くんのお母さんも」

げっ、拓也の母ちゃんも！

きょうれつだ。まちがいなく、十人にはひろがったな。

それから一週間が過《す》ぎた日の夕方。

「笑う門《かど》には福きたるって、よくいったものよねえ」

母ちゃんがいつになく、ごきげんなようすでいった。

たしかに客はふえている。いままでに見たことのないような客も、父ちゃんと母ちゃんの川柳《せんりゅう》を聞いて、あっはっはっは、と笑っては野菜を買っていく。

「もう、おしまい？」

また、見なれない客だ。

「いーや。ゆっくり見てっていいよ。『ツイてるね　今日の見おさめ　超《ちょう》美人』」

「うふふ」

「キュウリはどう？　『売れ残り　へそ曲げてるよ　このキュウリ』ってね。でも、味は保証《ほしょう》するよ。ほら、においかいでごらん」

父ちゃんはザルに盛られた中から、「し」の字に曲がったキュウリを一本手に取り、客の鼻先に持っていく。

「あら、ほんと。あまい香りがするわ」

「だろっ。トマトもセロリも、どんどんにおいをかいでちょうだい。『どれにする？

かいで、もどして　また、かいで』なんて、スーパーのビニールに包まれたのじゃできないでしょ。そんなに美人さんじゃ、人目も気になるしねえ」

「うふっ。じゃあ、そのキュウリを一山と、こっちのトマトを三個《さんこ》、いただいていくわ」

「へい、まいど」

父ちゃんは鼻の下をのばして、最後の客を見送った。

それを待っていたかのように、ちょうどそのとき、電話が鳴った。

「はい、八百平です」

父ちゃんがはずんだ声で話しだす。

「あー、先生ですか。やあ、こりゃどうも。

ええ、そうなんですよ。

えっへへっへへ。

ほー、なるほど。

ええ。

ええ。

そりゃもちろん、いきます、いきます」
同窓会《どうそうかい》でもあるのか？
「女房《にょうぼう》も。
ええ。
ええ。
そりゃもちろん、いかせます、いかせます」
母ちゃんも？
「あら、やだ。お葬式《そうしき》じゃないわよね」
あの笑いは、葬式じゃないだろ。
「いえいえ、ご心配なく。
ええ、だいじょうぶです。どんと、おまかせくださいな。
はい、では」
電話を切った父ちゃんは、にやけまくっている。
「おい、特別講師《こうし》だってよっ。っくっく」
なんだ、その、気味の悪い引き笑い。

「えー、なんでぇー」

母ちゃんはあきらかに、めんどうくさそうだ。真後ろにあるカレンダーを、頭をそらして見ている。

「で、いつ？」

「来週の水曜日と、再来週《さらいしゅう》の水曜日」

「えー、二回もぉー。で、どこにいくの？」

「どこって、順平《じゅんぺい》の学校に決まってるだろうが」

ちょっとまった。

「オ、オレの学校！」

「そうさ」

「先生って、磯《いそ》じい？」

「そうさあ。ほかに、先生なんていないだろ」

「なんでだよぉ――っ！」

オレはほえた。

「もぉー、ったくぅ。一年生でもあるまいし、いまさら、野菜の勉強なんかして、なんになるんだよ！」

「野菜の勉強？　なんだそれ？」

「えっ、ちがうの？」

「まてよ。そういう社会勉強も悪くないよな。近ごろは、ほうれんそうと小松菜の区別がつかない子どももいるらしいしな。いっちょ、先生に提案《ていあん》してみるか」

「はひ？」

このうえない、まのぬけた声が口からもれた。

そして、十秒後。オレの脳《のう》みそは、あることをはじき出す。

母ちゃんも、ピンときたらしい。からだをくねくねさせていう。

「わたしが、先生！　うひゃあ、楽しみぃ！」

父ちゃんは腕《うで》をくんで一句《いっく》。

「『八百屋もね　賞取りゃなれる　先生に』ちゃってな。ひゃっはっはっは」

だからぁ、もーおっ、ありえねえっつーのっ！

三　汗《あせ》ばむ手

その水曜日。くるな、くるなと思っていた水曜日。

六年一組の教室に、父ちゃんがやってきた。八百平の前掛《まえか》けをかけてやってきた。

黒板に、賞を取った川柳《せんりゅう》を書いておむかえだ。

「今日は、第十三回、夫婦《ふうふ》川柳コンテストで、最優秀賞《さいゆうしゅうしょう》をお取りになった、神田一平さんを特別講師《こうし》におむかえしておる。みんなも知っているだろうが、神田順《じゅん》平《ぺい》くんのお父さんだ」

磯《いそ》じいはごていねいに、オレの名前を出して紹介《しょうかい》した。

二、三人は知らないヤツもいただろうに、よけいなことをいいやがって。

「神田さんは、日の出町で、八百屋さんをなさっている。八百平さんといって、川柳を使って接客をするという、評判《ひょうばん》のお店だ」

おい、かってに作るなよ。そんな評判、息子のオレだって聞いたことないぞ。

「今日と来週の二回にわたって、川柳《せんりゅう》を教えていただくわけだが、みんなにはぜひ、自分の思いを表現する力をみがいてもらいたい。それでは、神田さん、よろしくおねがいします」

これだけいうと、磯《いそ》じいは窓辺《まどべ》のすみっこに引っこんだ。

かわりに、父ちゃんが教壇《きょうだん》の真ん中に立つ。

「えー、ただいま、ご紹介《しょうかい》にあずかりました、神田一平です。いつも、息子がお世話になりまして」

どこかで聞いたようなセリフに、肩《かた》をすくめて笑うヤツがいる。

このいやーな感じに、一時間もたえないといけないのかよ。

「へへ。こんなあいさつも、おかしいよな」

さすがに、父ちゃんも気づいたか。

「ほんじゃあ、まずは、川柳の基本《きほん》からいこう」

さっそく本題に入ってくれて、とりあえずはほっとする。

「えー、川柳っていうのは、いつからあったか知ってるかい？」

父ちゃんの質問《しつもん》に、前のほうの席のヤツらがぼそっと答えた。

「昭和？」

「明治？」

「いやいや、そんなものじゃない。これがなんと、江戸時代からあったんだよ」

ここは、へー、とおどろいたような声。

「じゃあ、次だ。なんで、川柳っていうかは知ってるかい？」

みんなの頭が横に動くと、父ちゃんはメモを見ながら黒板に書いた。

柄井川柳

「これがなんと、人の名前なんだよ。『からいせんりゅう』という人がはやらしたから、川柳とよばれるようになったんだな。イキな名前だねえ。と、ここまでが、昨日、インターネットで調べてきた知識《ちしき》だから、これ以上のことは質問するなよ」

はははと、ビミョーな笑いは、すぐに消える。

できれば、よけいなおしゃべりはやめてほしいものだ。

「今日は、みんなにも川柳を詠《よ》んでもらうわけだから、ルールをちょこっと確認《かくにん》しておこう」

いつのまに作ったのか、プリントが一枚配られた。

「俳句《はいく》は知ってるだろ？　俳句と川柳《せんりゅう》は親せきみたいなもので、おなじように、五・七・五の十七音で詠《よ》むんだ。かぞえかたは、そこに書いてあるとおりで、文字数じゃなくて、音数でかぞえるんだよ。たとえば、長音《ちょうおん》といって、ひとつの音を長くのばして発音する音は、一音としてかぞえるんだ。だから、『ピーマン』は四音ということになる。けれども、拗音《ようおん》といって、小さい『や、ゅ、ょ』なんかは、書くときは二文字でも、声に出してみると『きゃ、きゅ、きょ』って、ひとつの音になるだろ。だから、『かぼちゃ』なんかは、三音ということだな」

ふーん、父ちゃんにも、こんな説明ができるんだ。

「かといって、無理に五音にしようとか、七音にしようなんてことは思わなくていい。字あまり、字たらずという、強い味方があるからな」

いくつかの頭が、「うんうん、知ってる」と動いて、父ちゃんは満足そう。

「ルールなんてものは、こんなところだ。わかったかな？」

「はーい」

うっわ、かわいく返事をするヤツが出てきた。

「じゃあ、さっそく、といきたいところだが。これがね。なにを詠むかっていうのが、けっこうむずかしい。そこで、お題は考えてきた」

黒板に、でっかい字がうかんだ。

「『手』だ。うちの女房《にょうぼう》はね。自分の手のことを、『ネコの手』と詠んだんだ。あいつの手の皮膚《ひふ》は、うすくて弱いんだよ。いや、面《つら》の皮のほうは、ぶあついんだけどね」

そんなところで、笑いを取っていいのかよ。来週くるんだぜ。

「それでも、店のこと、家のことって、いつも水仕事をしているものだから、夏でもあかぎれを起こすんだな」

え、父ちゃんがそんなことというなんて……。

「まあ、そういう、あれた手を見せるのが、すこしばかりはずかしいという気持ちと、心配をかけたくないという、両方の気持ちからだろうな。いつも、かくすように手をまるめているんだ。そういった、奥《おく》ゆかしさを詠んだのが、この川柳」

父ちゃんが黒板をさして詠む。

「『あかぎれて　お酒つぐ手を　ネコの手に』。

『さかずきを　置いてネコの手　包みこむ』」

「なんか、いいよねえ」

「うん、いい」

みんなが口々にいいだした。

「そうかい？　まあ、でもほんとうは、そんなかわいいものじゃないんだけどね。

実はこのあいだも、あいつの手のことを『軍手』と詠《よ》んだんだよ」

あっはっはっはと、教室がだんだんにぎやかになってきた。

「おもしろいかい？」

みんなにうなずかれ、父ちゃんははりきりだす。

「じゃあ、そのときの川柳《せんりゅう》を教えてやろう。こうだ」

父ちゃんは軽くせきばらいをすると、調子のいい節まわしでいった。

「女房《にょうぼう》がね。『苦労した　この手ほしがる　ひかりもの』って詠んで、指輪をほしがったものだからね。そんなもの、だれが買ってやるかと、『軍手の手　イワシにサンマ　よく似合《にあ》う』って詠んだわけだ。イワシやサンマのような青魚は、ひかりものといわれているからね」

「へー、おもしれえじゃん」

おい、拓也《たくや》。おまえまでやる気になったのかよ。

「だろっ。どうだ、みんなも、詠んでみようと思えてきたかい？」

ほぼ全員の頭がたてにふれた。

「じゃあ、いまから、となりどうしで、手を見せあってごらん」

えーーっ！　が、こだまする。もちろん、オレの声も入っている。

「えーじゃないぞ。こんなチャンスは、なかなかないだろ」

父ちゃん、へんなこというなよ。こっちは、父ちゃんのせいで、汗《あせ》びっしょりかいてるんだぜ。

けど、みんなが手を広げだしたらしかたがない。

オレは左手を、さりげなくからだの右側にまわして、Ｔシャツのすそで汗をぬぐった。

それから、手のひらを上にして机《つくえ》の左はしにのせると、となりにはもう、千夏の右手があった。

千夏の手は小さい。

こうやってならべるとよくわかる。オレよりも、ひと関節分くらい小さそうだ。

それに、ぷくぷくしていて、ピンク色。マジで、赤ちゃんの手みたいだ。

きっと、すっごくやわらかいんだろうな。

「どうだ？　となりの子は、どんな手をしてた？　思わず、ギュッとにぎりたくなるような手をしてたかい？」

うん、してる、してる。

父ちゃんの問いかけに、もうすこしでオレは、うなずきそうになる。

「えーと、そこの、頭に黄色い花のピンどめをつけたかわいい子」

げっ。千夏のことだ。

ていうか、そんなよびかたありかよ。

磯《いそ》じいも苦笑いをして、教壇《きょうだん》に座席表《ざせきひょう》が置いてあることを教えている。

「あ、こりゃ、どうも。えーと、中山千夏ちゃん。順平《じゅんぺい》は、どんな手をしてた？」

「えっ」

とまどった千夏が、オレの手をじーっと見る。

オレはまよいなく、全神経《ぜんしんけい》を左手にそそぐ。

するとまずいことに、またジワジワしてきた。手のひらにうきでた汗《あせ》が、うっすらと目に見える。

「なんでもいいんだよ。思ったとおりにいってごらん」

だまれ、父ちゃん！

追いつめられた千夏は、いちおうもうしわけなさそうに、小さな声でいった。

「汗ばんでる」

ガクッ。

わっはっはっは、わっはっはっはと、今日一番の笑いが起きた。

「いいねー、いいよー。その『汗ばんで』から、はじめればいいんだよ。『汗ばんで　なんとかかんとか　なんとかかだ』ってなるわけだ」

かんべんしてくれよ。そんな川柳《せんりゅう》、詠《よ》まれてたまるか。

「ただ、気持ち悪いとか、きたないとかを使っちゃいけない。川柳っていうのは、じわりとわいてくる笑いがいいんだ。やんわりしたユーモアで詠んでみような」

よくいうよ。父ちゃんがいつも使ってる、あれが、やんわりしたユーモアかよ。

「ほかのみんなは、どうだったかな？」

父ちゃんは窓側《まどがわ》によると、一番前の席の、早川エリの顔をのぞきこんだ。

「あ、はいっ。なんか、野球のグローブみたいに大きかったです」

「おっと、いい言葉が出たね。じゃあ、『グローブで　なんとかかんとか』とか、

『なんとかかんとか　グローブの手』って詠めばいいんだ。簡単《かんたん》だろ？」

「はい。なんか、できそう」

「そっちは、どうだ？」

次に父ちゃんが声をかけたのは、真ん中の一番後ろ。

「えっとー、ぬいぐるみみたいにかわいいです」

「ヒュー、ヒュー」

佐藤《さとう》のヤツ、冷やかされて、Ｖサインしてやがる。

「いいね、いいね。みんな、いいセンスしてるよ」

父ちゃんはみんなをおだてながら、教室をまわっている。

オレもまわりの声に、聞き耳を立ててみた。

「ブタってなによ！」

「ブタだから、ブタっていってるんだよ」

オレの後ろは、父ちゃんと母ちゃんみたいなヤツらだ。

ちょっと前のめりになると、二列前の声も聞こえてきた。

野原マキが拓也《たくや》に向かっていっている。

「バカゴジラ」

ふっ。それは手じゃなくて顔だろ。

でも、拓也はそんなこと、まったく気にすることなく、歯をむき出して「ガオー」。

アイツはいったいどこまで、のんきなんだ。って、感心している場合じゃない。

父ちゃんがみんなに聞いている。

「そろそろ、でそろったかな?」

「はーい」

そんなこというなよ。ここに、でそろえない、かわいそうな子がいるぞ。

「じゃあ、みんなが思ったことに、『なんとかかんとか』っていう部分をくっつけて、ノートに書いてみてよう。気取らなくてもいいぞ。川柳《せんりゅう》には、むずかしい言葉なんていらないんだ。毎日の生活の中で使ってる、ふつうの言葉でいいんだからな」

「先生！」

佐藤《さとう》によばれた父ちゃんが、磯《いそ》じいを見た。

磯じいは、あなたのことですよといったふうに手をかえしている。

それを受けて、人さし指を自分の鼻に持っていき、にやあ～っとする父ちゃん。

「先生、先生。へへー、いいひびきだね。で、なんだい？」

「できました！」

「おっ、よし、聞かせてくれ」

「消しゴム　かしてくれる　かわいい手」

「いいねえ。なんか、こう、そっと手わたしてくれる光景が目にうかぶね。でも、どうだろ。消しゴムの下に、『を』をつけてみないかい？」

「はい。えっとー、『消しゴムを　かしてくれる　かわいい手』」

「どうだ。リズムがよくなったと思わないか？」

「思う、思う。やった、完成！」

いいよな。かわいいなんて、どうどうといえるヤツ。

「日本語には、『てにをは』という助詞《じょし》がある。これをつけたり、取ったりすると、ぐっとよくなることがあるよ」

父ちゃんがこういうと、ひと文字書き加えたり、消したりするような動きがちらほらあった。みんな、けっこう、できてるってことなのか？

「じゃあ、となりの三浦《みうら》ゆかりちゃんは、この川柳《せんりゅう》に対して返事を詠《よ》んでくれ。いいか、早く詠んだほうが、はじめの川柳だよ。詠まれたほうは、その川柳を受けて詠むんだぞ」

げっ。早くしないと、「汗《あせ》ばんで」が使われてしまうぜ。

千夏の手、千夏の手……。

ぷくぷくピンク、しか思いつかない自分がなさけない。

しかも、まずいことに、千夏の口がさきに動いてしまった。

「汗ばんで　シャツで手をふく　順平《じゅんぺい》くん」

「バカ、人の名前、かってに使うな」

「ごめん」

「べつに、いいけど」

ていうか、手をふいてたところ、見られてたんだ。もしかしてオレって、かっこわるすぎ？

それにくらべて、千夏はかわいいよな。母ちゃんみたいに、いいかえさないもんな。

で、オレはどうする。

「うーまぶしい　ぷくぷくピンク　千夏の手」なんて、ぜったいにいえないし。どうすりゃいいんだ。

「来週は、うちの女房《にょうぼう》がくる。面の皮があつくて、軍手の手をしているヤツだ」

またそれを持ってくるのかよ。

軍手なんて……。みんな、どんな手を想像《そうぞう》しているんだろう。

「そこで、発表しあってくれ。一週間あるんだ。最低でも、二往復《おうふく》はできるようにな」

「できた」

となりで、小さな声がした。

セーフだ。父ちゃんには聞こえていない。

オレも、声を落としていう。

「見せろ」

千夏のノートには、まるい文字がならんでいた。

「汗《あせ》ばんで　シャツで手をふく　暑い夏」


学校から帰ると、父ちゃんが店先で待ちかまえていた。

「おい、順平《じゅんぺい》。ナイスアイデアだったろ?」

「は?」

と、オレはとぼけた返事をする。

「となりどうしで詠《よ》むことだよ」

「なんでそれが、ナイスアイデアなんだよ」

意味がわかりませーん、とつきはなし、オレはぶっきらぼうを決めこんだ。

「かくすなよ。千夏ちゃんが好きなんだろ?」

ずばりとあてられ、一瞬《いっしゅん》、目が泳ぐも、オレはいってのける。

「だれが、あんなヤツ、好きになるかよ。オレの手を見て、汗ばんでるなんていうヤツだぜ」

「まあ、まあ。そう、てれるなって」

「だから、ちがうってば」

「いーや、まちがいない。さくら組のときが、ももかちゃんだろ。で、一年生のときが、まおちゃん。ときたらもう、あの、ぷにょぷにょしたホッペの、千夏ちゃんに決まってるじゃないか」

だれが、父ちゃんの調子に乗るかっ。

オレはあくまで、クールをよそおう。

「なんだ、それ？」

「あっ、しまった。お題を『ほほ』にすればよかったよな。そこまでは、気がまわらなかったよ。悪い、悪い」

「あー、ばかばかしい」

「まあ、そういわずに、うまくやれよ。せっかく、チャンスを作ってやったんだから。うっひっひっひ」

むかつく笑いだ。

オレは思いきりムシして、店の奥《おく》の部屋にいく。

そのときだ。

「先生」

店先から、かわいい声が聞こえてきた。

ふりむくと、びっくり。

なんと、八百平に千夏がいる。

「あれ、千夏ちゃん？」

「はい、中山千夏です。あのう、先生に質問《しつもん》があって」

「おお、どうした？」

父ちゃんが千夏のノートを見ている。

「『汗《あせ》ばんで　シャツで手をふく　暑い夏』から、『つなぐまえ　シャツで汗ふく暑い夏』に、変えたいと思うんです。でも、手が入ってないんですけど、こういうのでもいいんですか？」

「いいよ、いいよ。すっごくいいよ」

「ほんとうですか？」

「ああ、ほんとうだよ。この『つなぐまえ』が、もう、みんなの頭の中に、手を思いうかばせるからね」

「よかったぁ」

「しかし、あれだね。千夏ちゃんは、順平《じゅんぺい》の手を見て、つなぐって思ったのかな？」

バカなことを聞くなっつうの！

「えっ、そんな……」

「いいね、いいね。おじさんもつなぎたいねえ」

完全、セクハラ。

「おい、順平、聞こえてたか？　川柳《せんりゅう》、変更《へんこう》だぞ。ちゃんとこたえてやれよ、この気持ちに。あっ、ちがった。この川柳に！」

いまのまちがいは、ぜったいにわざとだ。

「順平くん、ごめんね。いまから変えても、だいじょうぶ？」

「べつに、いいよ。まだ、なにも考えてないから」

「だってよ。さあ、あがって、お茶でも飲んでいきな」

「あっ、これから、ピアノにいくんで」

「あ、そう。それは残念。順平に送らせようか」

「いえ、だいじょうぶです。さようなら」

小さくかけていく千夏の後ろすがたを、オレは店の奥《おく》から見送った。


その夜のことだ。

父ちゃんはニマニマしてオレの横にすわり、ひじでつついてきた。

「やるね、順平《じゅんぺい》」

「なにがだよ」

「そう、冷たくするなよ」

メチャクチャうれしそうな顔が気に入らない。

「で、どうかえす？」

「ほっといてくれよ」

「ほっとけないよ。あの、ぷにょぷにょホッペちゃん。ああ、もう一度、先生ってよばれたい！」

ひとりごきげんな父ちゃんが、ポンと胸《むね》をほこらしげにたたいた。

「よし、来週も、父ちゃんがいこう」

そこへ急に、母ちゃんが入りこんできた。

「えー、ダメよ」

髪《かみ》をかきあげ、なにかいいたげだ。

「来週は、わたしがいくのよ。もう、服も買ったんだから」

そういうことか。

「お、おまえ、いつのまにっ」

「てへへー、通販《つうはん》で」

「通販でえっ！」

「いいじゃない。十万円、入ったんだから」

「おまえ、あの金、使う気かっ」

「そうよ。ほかに、お金なんてないでしょう?」

「で、いくら?」

「ヒ・ミ・ツ」

ツで、母ちゃんの人さし指が、父ちゃんのくちびるをさわった。

「おい、気色悪いことするなよ。あっ、おまえ、まさか、全部使ったんじゃないだろな！」

「きゃっはっはっは。だって、服だけ新しくても、かっこわるいでしょ？　やっぱり、靴《くつ》とバッグもそろえなくちゃ」

「おい、まじかよ」

「だいじょうぶよ。美容院《びよういん》代は残してあるから」

「あー、もぉー。酒！」

「はーい、おまたせしましたぁ」

母ちゃんはファミレスのウエイトレスさんのように、お酒を運んできた。


金曜日の昼休みになると、千夏が催促《さいそく》をしてきた。

「ねえ、考えた？」

オレはそっけなく答える。

「考え中」

「そう」

千夏はわずかに口をとがらせ、ふまんげな顔を見せた。

そうだよな。早く、次の川柳《せんりゅう》を考えたいよな。ほかのヤツらは、けっこうできあがってるみたいだし。

千夏のが、「つなぐまえ　シャツで汗《あせ》ふく　暑い夏」。

みんなに笑われた「汗ばんで」を、「つなぐまえ」に変えてくれたわけだから……。

「ありがとう　汗をかくのは　暑いせい」で、いくか。

けど、なんか、冷やかされそうだよなー。

まあ、いつまでもなやんでたってしかたないし、どうせ「つなぐまえ」で、冷やかされるんだろうから、もうどうでもいいや。

オレはノートに、ささっと書きなぐり、千夏に見せた。

すると、千夏がつぶやいた。

「ちがったの？」

ん？

ちがわない、ちがわない。暑いからだって、書いてある、だろ？

そして、月曜日の朝。

オレはまた、千夏のまるい文字を見た。

「ちがったの？　その汗《あせ》のわけ　知りたいな」

バカなことを書くなよ……。

教えない　きみの気持ちが　わかるまで。

四　『手』

二度目の水曜日の到来《とうらい》だ。

母ちゃんが、髪《かみ》の毛《け》をくるくるまいてやってきた。指には、ほんの三、四枚の絆《ばん》創膏《そうこう》がまいてある。

みんながその手を、いたいたしい目で見た。

「ああ、これ？　わたしの肌《はだ》、デリケートなのよ。ほら、ここ」

左胸《ひだりむね》に手をあてた母ちゃんがいう。

「心といっしょで」

くっ。としか、笑えないよな。

「で、みんな、できてるのかな？　先週きた、あのタヌキ腹《ばら》のうちの亭主《ていしゅ》が、あなたたちのことを、いいセンスしてるっていってたんだけど、ほんとうかな？　今日は、全員に発表してもらうわよ」

母ちゃんが意地悪っぽく教室を見わたすと、とうぜん、みんなはうつむきになる。

「じゃあ、順平《じゅんぺい》からいく？」

え、なんで？

「あの子も、なかなかのものなのよ。このあいだもね。『参観日　みんな左手　だれあてる？』なんて、わけのわからないことをいうものだから、なによそれって聞いてみたら、ほんとうにわかってる子は、右の手。ほんとうはわかってない子は、左の手って決まってるっていうじゃない。後ろで見てたら、おかしくて、おかしくて。ついつい、みんなのお母さんにも、教えてあげたくなっちゃったんだけどね」

おい、ほりかえすなっつうの。

くっくっくという、このいやーな感じに、また一時間もたえないといけないのかよ。

「えっと、それで、どっちからかな？」

「はい、わたしです」

千夏がすっと立ちあがり、オレものっそり腰《こし》をあげる。

ふーっと小さく息をはいた千夏は、ノートを見ながら発表した。

「つなぐまえ　シャツで汗《あせ》ふく　暑い夏」

「あれ？　汗ばんでるんじゃないのかよ」

「つなぐだってよぉ」

ほら、きた。ヤジが飛んでる。

「はい、はい。静かにしないと、次は、きみの番よ」

いいぞ、母ちゃん。

母ちゃんのするどい目つきで、教室は一瞬《いっしゅん》にしてしずまりかえった。

「順平《じゅんぺい》、続けて」

「へーい」

オレは息もつかず、いっきに詠《よ》む。

「『ありがとう　汗をかくのは　暑いせい』『教室に　あったらいいね　クーラーが』

『すずしけりゃ　すらすら動く　ペン持つ手』」

もちろん、母ちゃんはいう。

「ちょっとー。全部ひとりで発表してどうするのよ」

「あ、ごめん。つい、うっかり」

オレはてきとうにあやまった。

「まったく、しかたない子ねえ」

あきれた母ちゃんは、気を取りなおすように声を高らかにする。

「みんな、いまの川柳《せんりゅう》を聞いて、どんなことを感じた？　こんなところがよかったとか、あの言葉がおもしろかったとか、感想がある人！」

いうまでもなく、反応なし。

母ちゃんは座席表《ざせきひょう》に目をうつす。

「手をあげないと、どんどんあてていくわよ。そうねえ、まずは、野原さん」

「あ、はい。このあいだ、汗ばんでるっていったときに笑われていたから、なんか、それをかばってあげたみたいでよかったと思います」

「へー、そうだったのね。みんなも、そう感じた？」

いくつもの頭が、こきざみにゆれている。

「じゃあ、中山さんと、順平と、感想をいってくれた野原さんに拍手《はくしゅ》」

ぱらぱらとまばらな拍手《はくしゅ》をもらって、オレの番は終わった。

「次は、佐藤《さとう》くんと三浦《みうら》さん、いこうか」

「消しゴムを　かしてくれる　かわいい手」

「使いすぎ　まちがい消す手　にらみたい」

「にらみ顔　かわいい手には　似合《にあ》わない」

「あっかんべー　もうかしません　ぜったいに」

「だれか、感想を聞かせてくれる?」

「はい。なんか、すごく仲がよさそうだと思いました」

「ほんとよね。三浦《みうら》さんはきっと、これからもかしてあげるのよね。でも佐藤《さとう》くん、自分の消しゴムも、ちゃんと持ってくるようにね」

ひとしきりの拍手《はくしゅ》のあとは、大西と早川の発表だ。

「つかみどり　たくさん取れる　グローブの手」

「つめほうだい　たくさん入る　おまえの口」

「ほっといて　お題は手でしょ　口じゃない」

「そうだけど　手よりも口に　目がいった」

「きゃっはっはっは。それ、いいわね。うちの八百屋で使えるわ」

このさきは、ずっと意識《いしき》がもうろうとしていた。母ちゃんのキンキンした笑い声が、こんなにも遠くに感じたのははじめてだ。

まるで魔法《まほう》をかけられて、四次元の世界にでも飛ばされていた感じ。

その魔法をかけたのは、もちろん千夏だ。長いまつげの下からはなつ、うるうるした視線《しせん》で、オレを遠い世界に送りこんでいた。

オレがかってに作った川柳《せんりゅう》を、ひとりで発表したんだからとうぜんだ。

まあ、あと五、六分だから、がんばってたえよう。

「実はー、みんながすばらしい川柳を詠《よ》んでくれたら、作品集を作りましょうという話を、磯村《いそむら》先生が提案《ていあん》してくれていたんですがぁ」

母ちゃんに話をふられた磯じいは、オッケーのサインを出している。

「ですよねえ。わたしも、みんなの表現力の豊かさにはおどろいたわ。それになにより、ユーモアにあふれていた。おかげで、ずいぶんと楽しませてもらったわ。どうも、ありがとう」

そんなにおもしろかったのか。

そういえば、笑い声はけっこうしていたよな。

「じゃあ、今日は最後に、作品集のタイトルを決めて終わりましょう。なにか、いいアイデアある?」

ぼそぼそっと、だれかがいった。

「『手』で、いいんじゃない?」

「あー、いいんじゃない?」

「うん、いいじゃん」

声はつらなり、みんなもうなずいている。

母ちゃんは絆創膏《ばんそうこう》がまかれた、自分の手を見ていった。

「『手』。うん、決まりね」

そして、シメのあいさつ。

「今回は、となりの席の子に、自分の手を詠《よ》んでもらったわけだけど、一度、自分で自分の手を詠んでみるといいわ。毎日の生活をふりかえってみる、いい機会になるわよ。それから、お父さんやお母さん、おじいちゃんやおばあちゃんの手も、ゆっくり見てみなさい。感謝《かんしゃ》の気持ちを、あらためて思うことができるはずよ。いいわね!」

「はーい」

気持ちのこもっていない、軽い返事と同時にチャイムが鳴った。

オレはこの場から、早く立ちさる必要がある。

だからすばやく、くるりと右にまわり、大きな一歩をふみ出した。

けど、二歩目は出なかった。

「順平《じゅんぺい》くん」

すぐ後ろでよびとめられて、オレはぎくりとうろたえる。

しかたなくふりかえると、千夏がうるんだ瞳《ひとみ》を向けてきた。

「どうして？」

「あんなの、発表できるか」

千夏は下を向いてしまった。

「……ごめん」

「いいよ、べつに」

あーあ、オレって最低。


それからあっというまに、また一週間がすぎ、終業式も終わった。

今日、配られたのは、夏休みの宿題と、できあがった作品集『手』と、通知表。

「なあ、順平《じゅんぺい》。通知表、どうだった？」

帰り道で、拓也《たくや》が聞くお決まりの質問《しつもん》に、オレはあっさりと答える。

「いつもとおなじ」

「こっちも。また、どやされるよ」

かわいそうに。オレはだいじょうぶ。

通知表は、母ちゃんにとやかくいわれるまえに、父ちゃんに見せるのが、オレの中では常識《じょうしき》だ。

それと、こういう日は、とにかく元気よく帰る。

「ただいまっ！」

「よっ、おかえり」

オレはオール2に近い通知表を広げて、笑顔を作る。

「通知表　ならんだアヒル　かわいいね」

「ほんとだね　泳いでいるよ　すいすいと」

さすが、父ちゃん。のんきに、平泳ぎのまねをしている。

「アヒル！」

おっとぉ。思ったより早く、母ちゃんのかん高い声の乱入《らんにゅう》だ。

「順平はね、宿題をやらないから、こういう評価《ひょうか》しかもらえないのよ。あんたから
も、たまにはいってよ。来年は中学生なんだからねっ」

「まあ、そういうな。アヒルの子はアヒルだ」

「それをいうなら、カエルの子はカエルでしょ」

「だから、カエルよりましだろ」

うっわ、わけわかんねえ。

けど、がんばれ父ちゃん。と、ここは父ちゃんにまかせて、オレはにげる。

オレには、いかなくちゃいけないところがあるんだ。

千夏はさっき、野原マキたちに、今日はピアノの練習にいくからあそべないと
いっていた。

それを耳にしたオレは、『手』を持って家を出る。

そして、ピアノ教室に向かう道で、千夏をよびとめた。

「千夏！」

「順平《じゅんぺい》くん。どうしたの？」

「あの作品集、印刷ミスがあったんだってさ。ほら、これが訂正版《ていせいばん》」

「あ……りがとう」

「じゃあな」


オレは赤ペンで書いたんだ。

「ちがったの？　その汗《あせ》のわけ　知りたいな」

「教えない　きみの気持ちが　わかるまで」

五　ピアノ発表会

待ちにまった夏休みも、入ってしまうとすぎるのは早い。八月になって、もう一週間になる。

しかし、暑い。毎日のように、最高気温が更新《こうしん》されていく。

こうも暑いと、みんな、昼間には出歩かない。とうぜん、八百平の昼間はひまになる。

だからいま、オレはタオルを首にかけ、扇風機《せんぷうき》の横でまるイスにすわり、野菜たちをぼーっとながめている。これを店番という。

ぼーっともいいけど、たまには、ポーッともいい。

オレはときどき、『手』に書いた赤い文字を思い出しては、顔を赤らめていた。

その、ポーッとの最中に声がする。

「順平くん」

うおおおっ！

千夏だ。赤らんだオレの顔の前で、ぷくぷくピンクな手を横にふっている。

「はっ、はい」

思わず気をつけの姿勢《しせい》で立ちあがると、まぬけな声が出た。

「あ、あの、これ」

まじかよ。

長いまつげをぴくぴくさせて、はずかしそうにうつむいた千夏が、白い封筒《ふうとう》を差し出している。これは、ラブレターというものだ。

わかっている。「教えない　きみの気持ちが　わかるまで」と書いたのはオレだ。

だからこれは、オレが催促《さいそく》したのも同然だ。

でも、今日はまずい。なんの準備《じゅんび》もしていない。

なかなか手を出さないオレに向かって、千夏の手がすこしずつのびてくる。

「もし、よかったら」

「はい、いいです」

ん？　なにが？

オレは最高にバカな返事をして受け取った。

千夏はなにもいわず、かかとをくるりとまわし、うつむいたままかけていく。

うっ、胸《むね》が。急に、胸が苦しくなってきた。

でこぼこ野菜に囲まれた、こんなむさ苦しいところに、これ以上、立ってなんかいられない。

あー、でも、母ちゃんは買い物だ。どうせ、あっちこっちで、くだらないおしゃべりをしているんだろうな。

父ちゃんは昼寝《ひるね》中。朝早くから仕入れにいっているんだからしかたないけど……。

悪知恵《わるぢえ》がはたらいた。

父ちゃん、ごめん。と、心ではあやまりつつも、オレは店の電話を取り、家の子機を鳴らす。

そして、五回ばかりベルの音を聞いて切る。

「ふぁ〜、ったく……」

しばらくすると、父ちゃんはあくびをしながら店に出てきた。

オレはするりと店をぬけて階段《かいだん》をかけあがり、このくそ暑い中、戸をぴしゃりとオレは、封筒を受けとった。

白い封筒《ふうとう》を両手に持ち、天高くあおぐと、へんてこなオタケビが口から飛び出す。

「うっひょおーーー」

ラブレター、ラブレター、千夏からのラブレター。

オレは封筒をだきしめ、千夏を思う。

長いまつげに、ぷにょぷにょのホッぺに、ぷくぷくピンクな手。

あの手で、なにを書いてきたんだろう。

窓《まど》から差しこむ太陽に、封筒をかざしてみたけど。

見えねえよぉー。

じゃあ、そろそろ、あける?

いやいや、まだあけない。

「うーーっ」

オレはたたみにねそべり、さんざんはいずりまわったあと、ぱっと起きあがった。

「よし、あけるぞっ!」

人生、初のラブレターだ。神聖《しんせい》な気持ちであけたい。

まずは、正座《せいざ》をして胸《むね》をはる。

左手に封筒《ふうとう》を持ち、右手でハサミをにぎり、生け花かよっ！　と、ツッコミたくなるところをがまんして、大きな深呼吸《しんこきゅう》をひとつする。

それから、ゆっくりとていねいに、封筒の右はしの、一ミリだけを切り落とした。

すると、ぶあつい、画用紙みたいなしっかりした紙が出てきた。

「千夏のヤツ、ふんぱつしたな」

オレはニタッとして、ふたつに折られた紙を開く。

ん？

やけに、デカイ文字がならんでいる。

「ピ・ア・ノ……発表会……」

オレはまた、たたみにねそべり、はいずりまわった。

「なんだよぉーっ。もぉー、だったらそういって、わたせよな」

で、いつだよ。

八月八日、日曜日って。

「あしたっ！」

次の日のオレは、朝からなんども鏡を見たり、シャツをあれこれ着がえてみたり。

最近ではめずらしく、そわそわした気分ですごしていた。

そして時計を見ると、一時半。そろそろ、家を出なければいけない。

案内状《あんないじょう》によると、千夏の出番は、二時からと三時からの二回だ。

「ピアノかあ。ピアノもいいけど……」

実は、夏休みに入ってから、ずっと気にかけていたことがひとつある。

夏まつりだ。

去年は、男、五人で屋台の食べ歩きをした。それなりに楽しかったけど、今年は……、と思っている。

白い封筒は、ラブレターではなかった。

でも、あんなにはずかしそうにして持ってきたわけだし、ラブレターとおなじくらいの価値《かち》はあるはずだ。

それに、だいたい、「きみの気持ちがわかるまで」っていうのは男らしくない。

ぜったいに、オレからさそうべきだ。

だけど、どうやって？

「千夏さん、ぼくといっしょに、夏まつりにいってください」

へっ、気持ちわりぃ。

「来週の日曜日、ひまだろ？　夏まつりにいこうぜ」

千夏、こんなのは、きらいだろうなあ。

やっぱ、もっと、ふつうに。もっと、自然に。

「夏まつり、いっしょにいこう」

「なあ、夏まつり、いっしょにいこうよ」

「あのさあ。夏まつり、いっしょにいかないか」

こんな感じかな……。


ピアノ発表会があるのは、このあたりで一番大きなステージがある、駅前の文化会館だ。

「あのさあ。夏まつり、いっしょにいかないか」。「あのさあ。夏まつり、いっしょにいかないか」。頭の中でくりかえしながら歩いていくと、もうすぐ二時。

オレはシャツのすそを、ピシッと下に引っぱってから、会場のとびらをあけた。

なんだかずいぶんと遠くに見えるステージで、赤いリボンを頭のてっぺんにつけた子が、黒々としたグランドピアノをひいている。

オレはまわりに気を使いながら、すすっといくつかの階段《かいだん》を下りて、真ん中あたりに腰《こし》かけた。

もう、前のほうの席は、ほとんどうまっている。こんなにたくさんの人の前で、たったひとりでピアノをひくなんて、緊張《きんちょう》するんだろうな。

そういえばオレも一度だけ、あのステージに立ったことがある。

あれは二年まえの、四年生のとき。学校を代表しての、合唱コンクールだった。広い観客席を見て、クラスのみんなは緊張するといっていたけど、口をパクパク動かすだけのオレには関係なかった。

だから、千夏の気持ちをわかってやることはできない。オレはダメな男子だ。

赤いリボンの子は、うまくひけたみたいだ。大きな拍手《はくしゅ》をもらって、うれしそうにしている。

この子は、何番目の子なんだろうか。千夏の順番《じゅんばん》は？

案内状《あんないじょう》を見たけど、曲を知らないと役に立たない。

ふぅーと、大きく息をはくと、背《せ》もたれから背中がすべり落ちていく。ずるずるしずんで、両ひじは座面《ざめん》にまで到達《とうたつ》。

そのときアナウンスが流れて、オレのからだはいっきにはねあがる。

「次は、楓《かえで》小学校六年、中山千夏さんです。演奏《えんそう》する曲目は、ランゲの『花の歌』です」

千夏はステージのはじから、足早に出てきた。立ち止まると、こっちを向いて、深く一礼。お嬢《じょう》さまふうの紺色《こんいろ》のワンピースで、今日はまた、いちだんとかわいい。

鍵盤《けんばん》の前にセットされたイスにすわった千夏は、深呼吸《しんこきゅう》をひとつしたみたいだ。

観客席から見える千夏の右肩《みぎかた》が、大きく持ちあがった。

あれ？　もしかしたら、オレも緊張《きんちょう》しているのかも。

予想外のことが起きているんだ。両腕《りょううで》は、ひざに向かって一直線。ぴたっとくっついた両脚《りょうあし》は、直角に曲がっている。

ほかの観客もおなじなんだろうか。イスのきしむ音がひびくほど、会場はしずまりかえっている。

そして、いよいよだ。千夏の手が鍵盤《けんばん》にふれた。

タァラ、タァ、ラァ、ラァ、ターン。
タ、タァ、ラァ、ラァ、ターン。
ふわり、ふわりと、ただよう音楽。

ゆったりと流れてくる、やさしい音にほっとしたオレのからだは、すこしずつまるみを取りもどしていく。どうしたことか、リズムにあわせて頭もゆれだした。

力強くなったり、はなやかになったり、とつぜん、心細げになったりと、あんなに小さな手で、こんなにいろんな音が出せるんだ。

これが、ピアノの魅力《みりょく》なのかな。

いつまでも聴《き》いていたいと思う音楽、『花の歌』は、あっというまの演奏《えんそう》だった。

会場が拍手《はくしゅ》で包まれている。

オレもありったけの力で、笑顔の千夏を見送った。

そのまま席にとどまって、ほかの子の演奏を聴いていたけど、またずるずると、背中がすべり落ちはじめた。いまのところ、千夏以外のピアノには、興味《きょうみ》を持てそうにない。

その千夏の次の出番までは、まだ三十分もある。

オレは会場をぬけ出し、文化会館の中をうろちょろ歩きまわった。

書道の展示室《てんじしつ》をちら見して、レストランの前を通りぬけたら、「控室《ひかえしつ》」という張《は》り紙《がみ》がしてある部屋を見つけた。

頭の中に、ある一場面がうかぶ。この廊下《ろうか》がステージだ。

背景《はいけい》は、このとびら。「控室」の文字をはさみ、右側にオレ。左側に千夏がいる。

オレは左手で、後頭部あたりを軽くかきながら、ちょっとてれくさそうにいう。

「あのさあ。夏まつり、いっしょにいかないか」

ぷにょぷにょホッペを、ぽっとそめた千夏がうなずく。

「うん、いく」

うぉーっ！　と興奮《こうふん》するオレ。

気がつくと、もうすぐ三時だ。

「やっべ」

オレはあわてて会場にもどった。

ぎりぎりセーフだ。ちょうど、千夏がステージに立っていた。

そうか、連弾《れんだん》というのは、ふたりでひくことか。千夏のとなりに、もうひとりいる。ひとりよりは、ずっと心強いだろう。

でも、あれは友だちなのか？　やけに背《せ》が高い。たぶん中学生だ。

そうそう。案内状《あんないじょう》を見て、オレはびっくりしたんだ。

曲は、なんと、『ルパン三世のテーマ』。

どう考えても、千夏とは結びつかなかった。けど、あのきりっとした背の高い女子になら、ぴったりだ。千夏が相手にあわせたんだな。

そのやさしい千夏が、用意されたふたつのイスの観客席側にすわった。

よく見えるのはうれしいけど、なさけないことにオレのからだは、またカチカチになる。

けどまあ、だいじょうぶさ。きっとさっきみたいに、すぐにほぐれるさ。と、演《えん》奏《そう》を待つ。

ところが、そうはいかなかった。

なんなんだよぉ。はじけまくる音の速さにびっくりしたオレのからだは、カチカチ度をましていく。

かっこいいけど、千夏らしくない。

すごいと思うけど、落ちつかない。

あっ！　千夏が失敗した。

いやなことに、ルパン三世なら、オレにもまちがいがわかってしまう。

「あ、また、まちがえた」

近くの席で、だれかがぼそっといった。

くやしい。いつのまにか、オレはこぶしをにぎっていた。

いつまでも、いつまでも、はじけ続ける音楽。

どんどん、どんどん、すみっこに追いやられていく感じの曲に、オレは力みっぱなしで、最後まで、にぎったこぶしがほぐれることはなかった。

ステージでは、演奏を終えた千夏が、観客におじぎをしている。頭はあがっても、顔はずっと下を向いたままだ。

大成功ではなかったかもしれない。一番のできではなかったかもしれない。

でも、あんなに速い音が聞こえてきたということは、ものすごい速さで指を動かしていたということで、むずかしい曲を一生けんめいにひいていたということだ。

うん、まちがいない。

オレは千夏のがんばりに、これでもかという、せいいっぱいの拍手《はくしゅ》をおくる。千夏が見えなくなっても、しばらくたたき続け、それから控室《ひかえしつ》の前へ急いだ。

「自分ひとりでひくのは、しっかり練習して、わたしとひくのは、どうでもいいっていうわけっ！」

いきおいよくとびらがあいて、あの背《せ》の高い女が、ツンツンして出てきた。

ということは、いまのデカイ声は、この女の声だったわけで、その言葉が向けられていたのは千夏だ。

なんて、ひどい女だ。

千夏、だいじょうぶかな……。

だけど、オレはここにいていいのか？

これっていうのは、あれだ。

野球にたとえていえば、九回裏《うら》の攻撃《こうげき》。二アウト満塁《まんるい》で、オレに打順《だじゅん》がまわってくる。そこでまかせろと、意気込んでバットをふり、からぶり三振《さんしん》。オレは、だれともあわずに帰りたい。という、なんか、むかしどこかであったようなのとおなじだ。

千夏も、オレの顔なんか見たくないはずだ。今日のところは、とっとと帰ろう。

そう思って、一度は、控室の前をはなれたのに。

でも、まつりはどうする？　という思いが、オレをUターンさせてしまった。

「うわあ」

まずい。

「順平くん」

千夏だ。

ただの千夏じゃない。目を真っ赤にした千夏がいる。

オレの口は、とっさに弱い。

「ご、ごめん」

なぜか、あやまってしまった。

「失敗しちゃった。いっぱい練習したんだけど……」

千夏は自分の手を見つめていった。

赤ちゃんみたいな、ぷくぷくピンクな手を見ていった。

「わたしの手、ピアノには、向いてないのかも」

「そ、そんなことないよ！」

と、オレは必死になる。

「自分の手を、そんなふうにいうなよ。千夏の手は、ピアノに向いてるさ。このオレが保証《ほしょう》する」

「でも、小さいから」

「だからいつも、机《つくえ》の上で、指を広げているんだろ」

「えっ」

「まるで、開脚《かいきゃく》運動みたいにさ。指と指のあいだを広げて、机にぺたーって、さけそうになるくらいやってるじゃないか」

「見てたんだ……」

「あたりまえだろ。ずっと、となりにいるんだから」

「うん」

「それに、オレ、ピアノの発表会なんてはじめてだし、よくわかんないけど、千夏は、千夏らしい曲をひけばいいんじゃないのかな。『花の歌』、すっごくよかったよ。千夏の音が、一番やさしかった。ピンピンはねてなくって、オレは一番好きだ。それになにより、一番、かわ・い・い」

よかったあ。ぷにょぷにょホッペが、すこし動いた。

よし、いうぞ。

ごくごく、ふつうに。ごくごく、自然に。

「あの、さあ。夏まつりだけど、いっしょにいかないか」

一瞬《いっしゅん》かたまった千夏が、こくりとうなずいた。

「うん、いく」

「じゃあ、三時に、ここの入り口で」

「うん」

やったぁ――――――――――――っ！

地球の裏側《うらがわ》までとどく声でさけびたい。

六　鈴木《すずき》のかっちゃん

ひとりで店番も悪くない。

もう、ぼーっとはしない。ほほはゆるみっぱなしで、ポーッとしてばかりだ。

頭の中で、過去と未来が入りまじっている。

「夏まつり、いっしょにいかないか」

「うん、いく」

文化会館の前で待つオレ。

千夏が
「ごめんね。おそくなっちゃった」

と、かけてくる。

「ううん。さあ、いこうぜ」

さわやかな笑顔を見せたオレが、左手をそっと差し出すと、そこに、千夏の右手が……。

うおーーっ、日曜日が楽しみだ！

今日は火曜日だから。

「も〜、い〜くつ、ねると〜」

チリン、チリン。

あ、やばい。拓也《たくや》だ。

オレは急いで、いつもどおりの顔を作る。

「あっちーなあ」

けだるさいっぱいに、自転車を止める拓也。よく見ると、髪《かみ》の毛《け》がぬれている。

「でも、プール、いってきたんだろ？」

「ああ、そこの市営《しえい》にな。女子もいたぜ」

「ふーん」

「野原マキと中山千夏と、あと二、三人いたかな」

そういうと拓也は、レジからまるイスを持ってきて、オレと扇風機《せんぷうき》のあいだにすわった。

オレは千夏と聞いただけで、耳が熱くなっていくのがわかった。

だから、「それがどうした」というかっこうをしたかった。

そのとき、たまたま、目の前にあったのがピーマンだ。

オレはそれを手に取り、ふわりと宙《ちゅう》にうかせた。

はじめは、ほんの十センチ。

それが、二十センチ、三十センチとなり。五十センチの高さまでういたとき、ひょいと拓也《たくや》が取った。

それからはあたりまえのように立ちあがり、ほどよい距離《きょり》を作ると、キャッチボールのはじまりだ。オレたちは、一球、一球を、しゃべりながら投げていく。

「なあ、順平《じゅんぺい》。中学にいったら、野球部に入るだろ?」

「ああ、そのつもりだけど」

「レギュラー、取りてえなあ」

「レギュラーねえ。オレたちは、少年野球チームの落ちこぼれだぜ」

「そうだけどさー」

「どうせ、球ひろいばかりなんじゃねえの?」

「球ひろいかぁ」

「そうさ」

「かったるいなあ」

「じゃあ、いまだけでも」

オレはマウンドに立った気分になる。自分で実況《じっきょう》もつけた。

「ピッチャー、神田順平、足を高くふりあげ、第一球を投げました」

「いいね、いいねえ」

オレにピーマンを投げかえした拓也は、バットを、いや、大根をかまえた。

「よし、打ってみろ」

「オッケー」

「ピッチャー、大きくふりかぶり、第二球」

オレはストライクゾーンを目がけて、ピーマンをゆったりと投げる。

拓也は見事にヒット。オレの後方、トマトの山まで飛ばした。

そして新たなピーマンを手にして、第三球目を投げたときだ。

「オマエラーッ！」

後ろから聞こえるどなり声に、両肩《りょうかた》が飛びあがった。

「ナニヤッテルッ！」

おそるおそるふりかえると、そこにいたのは、ソリの入った額《ひたい》に青すじをうかべた父ちゃんだ。

「ふたりとも、こっちへコイッ！」

小さな歩幅《ほはば》で父ちゃんの正面に進むオレに、ごめんなさいをいう間はない。

父ちゃんの腕《うで》の先には、もう、げんこつができあがっている。

「順平《じゅんぺい》！　八百屋の息子が、野菜を、なんだと思ってるんダッ！」

いってぇー。

げんこつが、オレの頭にくいこんだ。

父ちゃんの鼻息、めちゃくちゃあらい。

でかいずうたいの拓也《たくや》も、となりでビビってる。

「拓也！」

「はいっ、すいません」

「とうぶん、出入り禁止《きんし》だ！　いいなっ！」

「はい、わかりました！」

父ちゃんは、たいていのことは、オレの味方になってくれる。宿題をやらないとか、掃除《そうじ》をさぼるとか、通知表にアヒルをならべるとか、自分もやってきたようなことには、「しかれない　親そっくりの　バカ息子」とかいってさ。

でも、その父ちゃんにも、ぜったいにゆるせないことがひとつある。ちょこっとでもメシを残すものなら、永遠《えいえん》に説教が続くんだ。

「食べ物を粗末《そまつ》にするな！」

「食べられることに、感謝《かんしゃ》しろ。世の中には、食べ物がなくて、死んでいく人も大《おお》勢《ぜい》いるんだぞ」

「作ってくれる人に、感謝しろ。暑い中、寒い中に、たいへんな仕事をしてくれる人がいるから、こんなにおいしいものが食べられるんだぞ」

母ちゃんの考えもおなじだ。

「野菜には、すてるところなんてないのよ」

って、口ぐせのように、いつもいっている。

実際《じっさい》、母ちゃんのきんぴらといえば、大根やレンコンの皮ばかりだし、野菜炒《いた》めにはブロッコリーの茎《くき》も入っている。ほうれんそうのおひたしには、根っこまでついてくるし、かぼちゃの種だっておやつに出てくる。

でもオレが、文句《もんく》をいうことはない。そういうところのおいしさを知ってるし、栄養がいっぱいつまっていることも教えてもらった。

それに父ちゃんと母ちゃん、ふたりが売れ残りのないように商売しているすがたを、オレは小さいときからずっと見てきているんだ。

だから、食べ物のたいせつさは、だれよりもわかっている。

わかっているつもりだったのに……。

「順平《じゅんぺい》、おまえは、畑送りだ！　明日から、かっちゃんのところへ手伝いにいけっ！」

だってさ。


次の日、オレは家を七時四十五分に出た。

自転車をぶっ飛ばしてきたから、約束どおり、八時には着いたと思う。

「おはようございます」

「やあ。あんたが、八百平さんとこの子か」

「はい、神田順平《じゅんぺい》です。よろしくおねがいします」

「ああ、たすかる、たすかる」

出むかえてくれたのは、オレの父ちゃんが「鈴木《すずき》のかっちゃん」とよんでいるおばあさんだ。

ツバの広い大きな麦わら帽子《ぼうし》をかぶって、顔のまわりはタオルをぐるり。完全装《そう》備《び》のわりには、日焼けして真っ黒だ。

店の仕入れ先のひとつで、おばあさんがひとりでやっているからたいへんなんだっていわれてきたけど、ずいぶんと元気そうに見える。

その鈴木のかっちゃんが、おそろいの帽子を持ってきた。

「ほい、これ、かぶれ」

「え?」

オレはベースボールキャップをかぶっている。

「そんな帽子じゃ、むれてしまうし、ここ、やけどしてしまうぞ」

鈴木のかっちゃんはオレの首の後ろをたたくと、ベースボールキャップをかってに取って、デッカイ麦わら帽子をオレの頭の上にのせた。ごていねいに、あごの下で、ひもも結んでくれている。

「頭は、これでよし」

頭は、って？

「ほいよ、これ、はけ。ちいと、でかいかもしれんけどな」

うわっ、出た。一年生以来の長ぐつだ。

「早くしろ。いくぞ」

ためらいたいオレをせかすように、鈴木のかっちゃんは一輪車をおして歩きだした。

はい、はい、わかりましたと、オレはしぶしぶ黒い長ぐつをはく。

かっこわりぃ。千夏には、ぜったいに見られたくないすがただ。

そのすがたで歩いていくのは、この家の前の道の二本向こう。

そこでは、どどぉーっと、だだっぴろい畑が待っていた。

「ほんじゃ、まあ、大根でもぬいてもらおうか」

なあんだ、大根をぬくくらいなら楽勝、楽勝。

「ここから、順番《じゅんばん》に。直径が六センチより太いのをぬいてくれ」

ふーん。六センチって、どのくらいだ？

「手、見せてみろ」

人さし指と親指で幅《はば》を作ってみていたら、いきなりぐいっと、手首を引っぱられた。

「えらく、かわいらしい手だなあ。お父さんの手とは、だいぶちがうな」

なんだ？　オレはバカにされてるのか？

むかっとしたオレは、スッと手を引きもどした。

「その、人さし指」

はっ？

「六センチ」

なるほど。この人さし指の長さよりも、太いものをぬけということか。

オレは大根の首に、人さし指をあてがってはぬいていく。

だけど、大根だけで何列あるんだ？　二十列、それとも三十列？

ていうか、この家の畑はどこからどこまでなんだ？　まさか、見わたすかぎり全部じゃないよな。

さすがにそれはありえないだろうけど、もっとせまいと思っていた。オレんちの八百屋くらいだろうと思っていた。だって、あの店の中を歩きまわるだけで、けっこうつかれるんだから。

そう、つかれる。このぶかぶかの長ぐつがいけないんだよ。

それに、あー、あっちぃー。拓也《たくや》のヤツーっ！　と思った。

拓也のヤツ、あのあといったんだ。

「これって、とうぶん、おつかいにこなくていいってことだよな。ラッキー！　大根ぶらさげて歩くなんて、かっこわるくてしかたないんだからさあ」

あーっ！　思い出したら、ほんとうにイライラしてきた。大根ぶらさげるくらいで、なにが、かっこわるいだよ。こっちは、麦わら帽子《ぼうし》に長ぐつだぞ！

六センチ、六センチ。人さし指、人さし指。ぬけばいいんだろ、ぬけば！　と、頭の中でぶつくさいっていた。

「こらあっ！」

「わっ、わわわぁー」

びっくりしたなあ。へんなタイミングで大声を出すなよ。シリモチつきそうになったじゃないか。

「なんて、ぬきかたしとる」

は、あ？

「それが、食べ物をあつかう手かっ！」

食べ物をあつかう手かっていわれても、ほかにどんなぬきかたがあるんだよ。まあたしかに、ほうり投げるだけじゃすまないって感じで、いまにもたたきわりそうだったけど。

「そこまで大きくするのに、どれだけ苦労したと思う？ そんな乱暴《らんぼう》にあつかわれた野菜を、だれが食べたいと思う？」

じっとにらまれて説教されたオレは、軽くアゴをさげる。

それから、横目で鈴木《すずき》のかっちゃんを見たオレは、ちょっぴり反省した。

鈴木のかっちゃんは、葉っぱが折れないように、一本、一本、ていねいにぬいていた。大根をなでるように土をはらい、ねかすように置いていた。

オレもおとなしく、大根をねかせていくことにする。

しかし大根って、こんなに重たかったっけ？

五本をかかえるのが、せいいっぱいで、オレは五本ぬいたところで、一輪車まで運んでいく。

その一輪車に、大根が山積みになった。

「うちまで運んでくれ。向かいの、小屋のゴザの上にな」

「へーい」

なんとなく、いやいやに返事をしたくなった。

もちろん、動作もいやいやで、てきとうに一輪車に手をかける。

「うおっ」

思った以上に重たくて、オレは一瞬《いっしゅん》よろめいた。

「しっかりせぇ。へっぴり腰《ごし》！」

いてっ。

ふつう、年よりっていうのは、もっとやさしいものじゃないのか。「おばあちゃん」って、よびたくなるようなさあ。

いま、オレのケツをひっぱたいたこの人は、どう見ても「オババ」だ。

大根を運んでいるあいだはバランスを取るのに必死だったけど、大根を下ろしてひと息つくと、頭の中で思っていたことを、口からはきすてたくなった。

オレはずっと、ブツブツいいながら一輪車をおしていく。

「いま、何時だ？　早く帰りてぇ。ったく、拓也《たくや》のヤツ」

「毎日、あのオババに、こき使われるのかぁ？　ったく、拓也のヤツ」

「父ちゃんに、もう一度あやまったらゆるしてもらえるかなあ。そんなあまくないよな。ったく、拓也のヤツ……」

拓也の名前を、五、六回いうと、また、どどぉーっと広がる畑が見えてきた。

そしてまた、大根をぬく。

こんなことをくりかえして、三度目に小屋からもどってきたとき、鈴木《すずき》のかっちゃんは大根畑からはなれていた。クワを持って、なにも植えられていないところの土をたがやしている。あれも、かなりきつそうだ。

「おまえは、こっちだ」

すこし身がまえたオレを、鈴木のかっちゃんは小鼻で笑い、大根の根もとに指を入れた。

ほじくり出されたのは……、げっ、イモムシだ。

でかい。五センチはある。それが、鈴木《すずき》のかっちゃんの手のひらにいる。

「ハスモンヨトウといってな。成虫には、ななめに交差する線のもようがあるから、『斜《はす》の紋様《もんよう》』で『ハスモン』。『ヨトウ』というのは、『夜中の盗賊《とうぞく》』のことで、昼間はおとなしくしていても、夜になると、これが悪さをするんだ」

そういって土に落とすと、ためらうことなくふみつぶした。

長ぐつをどけると、そこには、ぶにゅっとつぶれたイモムシがいる。

「うっ」

ひさんなすがたに、思わず声がもれる。

「草を取りながら、虫をほってくれ」

ほーい。

ハスモンヨトウちゃん、いらっしゃいますかぁ。

オレはちょこんとしゃがみこんで、人さし指でちょろちょろっと、大根の根もとの土をよけた。

「なにしてる？」

はあん？

「こうやって、ウネをまたいで、後ろにさがっていくっ」

鈴木のかっちゃんは大根をまたぐと、前かがみになって、草をぬいていく見本をしめした。

へい、へい、わかりましたと、オレも前かがみになる。

これが、けっこうきっつい。すぐに背《せ》のびをしたくなる。

そして、ぶかっこうな長ぐつに感謝《かんしゃ》しながら、ぶにゅぶにゅ、ぶにゅぶにゅすること十数回。やっと、待ちわびていた言葉が聞けた。

「おてんとさんが、だいぶ上にきたで、そろそろ、終わりにするか」

オレには夏休みの宿題が山ほどある。やるつもりはないけど山ほどある。手伝いは、十時までの二時間だ。

鈴木のかっちゃんも、午前中は、これで終わるらしい。もっとも、日がのぼるころからやっているらしいけど。

そんな話を聞きながら、いっしょに畑をあとにした。

「明日からは、待ってないぞ。小屋から、その帽子《ぼうし》と長ぐつを出して畑にこい」

「へーい」

やっぱり、明日もあるんだ……。

しかし、腹《はら》へったぜ。家までは、自転車で十五分もある。遠いなあ。

「ほれ」

ぐったりして、顔と手を洗《あら》うオレの前に、なにかが差し出された。

「おにぎり、食べていけ」

やったあ！　と思った瞬間《しゅんかん》、オレはもう、ツバを飲みこんでいた。

でも、からっぽの胃袋《いぶくろ》より、もうすこし上にあるノドがきっぱりとことわった。

「いえ、いいです」

見えたんだ。鈴木《すずき》のかっちゃんの手が。

真っ黒でしわくちゃ。そのうえ、ツメは土色だ。

あんな手でにぎったおにぎりなんて、食べたくない。

オレは水筒《すいとう》のお茶を飲みほし、ふらふらになって帰った。

「ただいまぁ～。母ちゃん、おにぎり」

ふらふらはとおりすぎ、へにょへにょになって家にたどりついたオレは、そういったきり、ねむってしまったらしい。

目が覚めたのは、二時すぎだ。テーブルの上に、おにぎりがふたつならんでいる。それをぱっとつかんだとき、オレはぞっとした。

ツメのふちが茶色にそまっている。

あんな手になってたまるか。日曜日には、千夏と手をつなぐんだぞ！

オレは洗面台《せんめんだい》に走り、いつもの三倍の石けんをつけて、指先を念入りに洗《あら》った。

「順平《じゅんぺい》、起きたか。どうだ、すこしは、農家のたいへんさがわかったか」

「はい、もうじゅうぶん、わかりました。だから、ねえ、父ちゃ～ん」

オレはちょっぴり、あまえた声を出してみた。

「たった二時間でへたれるとは、なさけないなあ。だいたい、おまえは、運動不足なんだよ。しっかり、きたえてもらってこい」

ちぇっ、だめか。こうなったら、ふてくされてやる。

「へっ、ちがうよ。あの長ぐつがいけないんだ。歩きにくくてしかたないんだから」

「長ぐつ、かしてもらえたのか、よかったじゃないか」

「よくなんかないよぉー。ばかデカイ麦わら帽子《ぼうし》なんかかぶせられて、かっこわるいったらありゃしないんだぜ」

「へー、鈴木《すずき》のかっちゃん。麦わら帽子まで用意してくれたのか。気を使わせて、悪いなあ。順平《じゅんぺい》、その分、しっかりはたらいてこいよ！」

父ちゃんは、オレのケツをひっぱたいて店にもどった。

どいつもこいつも、かってにたたきやがって。オレのケツを、なんだと思ってるんだ！


「順平、起きなさい！」

次の日も朝早くから耳もとで、母ちゃんの声がひびいた。

はぁ、やっぱり、今日もいくのか。

だったらせめてと、オレは布団《ふとん》にしがみついていう。

「もうすこし……」

「ぐずぐずしてたら、朝ごはんを食べる時間がなくなるだけよ」

そんなぁ……。

「うっ」

しかたなく立ちあがると、うめき声がもれた。

ケツから下はガクガクだ。階段《かいだん》を下りる足が、自分の足じゃないみたい。

父ちゃんは朝から、「おかわりっ」、「おかわりっ」ってやたらと元気。

オレはその横で、演技《えんぎ》をだいぶ入れた死にそうな顔をしてメシを食う。

けど、ムダな努力だった。同情《どうじょう》の気配はゼロだ。

オレはしょぼくれて家を出て、自転車にまたがった。

いつもの何十倍も、ペダルが重い。

のろのろと自転車をこいできたから、たぶんちこくだ。

まあ、太陽を見て仕事している人には、そんなことわかるものか。と思ったのはあまかった。

麦わら帽子をかぶり、長ぐつをはいて畑にいくと、鈴木のかっちゃんはもう、大根を一輪車にのせていた。

「おはようございます」

「ああ、おはよう。おそかったな」

おまえがおそいから、ひとりで大根をぬきはじめたとでもいいたいらしい。オレはつっけんどんにさしずされる。

「昨日の続きだ。グォッホッ、人さし指な」

人さし指はピンとつき出たものの、足は重い。

ぐうたらしていたら、またつっけんどんにおこられる。

「早くしろ。まだ、仕事はあるぞ」

はいはい、六センチねぇ。オレは下くちびるをつき出して、大根畑に入った。

「グォッホッ、グォッホッ」

鈴木《すずき》のかっちゃんはかぜをひいたみたいだ。今日はなんども、こんなセキをしている。

うつさないでくれよ。オレには、だいじな日曜日が待っているんだから。

すこしでもはなれたいような気持ちになったオレは、はれやかな声でいう。

「大根、小屋に、置いてきまーす」

「おー、たのむ。グォッホッ、グォッホッ」

鈴木のかっちゃんは、また、セキをしていた。

最悪な事態《じたい》が発生したのは、その直後だ。

一輪車をおして道路に出たオレは、自転車に乗った女子三人と出くわした。

せまい道の上を横いっぱいに広がって、わがもの顔で走ってきたのは、よりによって同級生だ。しかも、できれば会いたくない、野原マキと早川エリ。そしてぜったいに、こんなすがたを見られたくないと思っていた、中山千夏。

「だれかと思ったら、順平《じゅんぺい》じゃん」

野原マキが、まっさきにオレの名前を口にした。

「やだ、ダッサー。そんなかっこうして、なにやってんのー」

早川のヤツが、めちゃくちゃうれしそうにいった。

「うっせえ、だまれ!」

オレは思わず、きたない言葉をはきすてる。

「見ればわかるだろ。おまえらこそ、こんなとこまで、なにしにきてんだよ」

すると早川エリが、もっとうれしそうにいった。

「千夏のおばあちゃんちにいくのよー。おいしいスイカが、いーっぱいできたんだって。順平《じゅんぺい》も、これば—」

「いけるわけないだろ。手伝いしてるんだから」

「あっ、そう。じゃあ、がんばってねえ」

野原マキのいいかたも、小バカにしたようで気に入らない。

千夏のぽかんとあいた口からは、なにも出てこなかったけど、へんなかっこうって思ったことはまちがいない。

麦わら帽子《ぼうし》と黒い長ぐつすがたで一輪車をおすオレを、千夏はなんどもふりかえりながら、自転車をこいでいった。

これでもう、オレの夏休みは、終わったも同然だ。

千夏が、こんなかっこわるいオレといっしょに、夏まつりにいくはずがない。

文化会館の前で、待ちぼうけするオレのすがたが、目にうかんでくる。

「ああああ、もおおおおっ！」

むしゃくしゃしたオレは、もうすこしで、ゴザに下ろす大根をたたきわるところだった。

それでもどうにか足を引きずってもどったオレに、次にあたえられた仕事は、ナスの虫退治。ていうか、やっぱりナス畑も、この家の畑だったんだ。

ますます気がめいるオレに、鈴木のかっちゃんはすかし模様《もよう》みたいになった虫食いの葉っぱを、裏《うら》にひっくりかえして見せてきた。

そこにいたのは、小豆粒《あずきつぶ》くらいだけど、いかにも悪者ふうのトゲトゲしい虫だ。

「これが、テントウムシダマシの幼虫《ようちゅう》。成虫になると、あのかわいらしいてんとう虫と、おなじようなかっこうになるけど、こっちは二十八個《こ》も斑点《はんてん》を持つ害虫。こんなふうに、ナスの葉っぱをすかすかに食いつくす悪い虫だ。葉っぱの裏にいるからな。いたら、葉っぱごと、この中に入れろ」

オレは大根がすっぽり入りそうな大きさの、ビニールの袋《ふくろ》を手わたされた。いくら小さくても、ふみつぶすよりはいい。

「ナスのヘタには、トゲがあるぞ。さされないように、気をつけてな」

それくらい知ってるさ。オレは八百屋の息子だぞ。

オレは袋を手に、すけた葉っぱの裏をのぞきこんでいく。

けど、どうどうと表にいればいいのに、なんで裏なんだ？　おかげで、今日も前かがみだ。

「うー」

袋《ふくろ》の中の葉っぱは、まだ二十枚もなさそうだけど、しだいに、背《せ》のびにも声がついてくるようになった。

「そろそろ、終わりにしろ」

やったあ。つかれは、声に出してみるものだ。今日はすこし、早く終わった気がする。

「ひと雨、きそうだ。急いで帰れ」

そうか。気づかなかったけど、いつのまにか、空はどんよりとしていた。

野菜がたおれないように、支柱を立てるという鈴木《すずき》のかっちゃんを畑に残し、オレは帰った。


やっぱり昼まえから雨はふりだしたし、オレの心はどしゃぶり状態《じょうたい》だけど、八百平は相変わらずにぎわっている。

「ねえ、このかぼちゃ、おいしい?」

こう聞く客に、父ちゃんはいう。

「あたりきしゃりき。『つやを消し　熟《う》れたの知らせ　待つわたし』ってね。かぼちゃはつやがないほうが、水っぽさが消えてていいんだよ。うらやましいでしょ？」

「あははは。でも、まるごと一個《こ》は多いのよね」

「いいよ、いいよ、いかほどでも」

「そう？　じゃあ、半分いただくわ」

「へい、まいど」

父ちゃんがかぼちゃに包丁を入れるところを、ほかの客も見ていた。

「あら、そのかぼちゃ、おいしそうね。わたしが半分もらってもいい？」

「もちろんだよ。いいね、いいね、そういうの。『作りましょう　メル友、ママ友　八百屋友』」

夕方になっても口数はへらず、父ちゃんは、

「美人さんには、安くしとくよ。『日が暮《く》れりゃ　みんな美人に　見えてくる』ってね」

するると、母ちゃんが。

「うれしいわ　うちも美人に　見えるのね」

「そりゃ無理だ　おいらの目にも　限界《げんかい》が」

「れんこんを　とおしてみたら　見えるでしょ」

「おまえな、八百屋の女房《にょうぼう》のくせして、れんこんの穴《あな》の大きさも知らねえのか。そのでかいケツが、おさまるかってんだ」

あっはっはっは。と笑いをさそい、れんこんを売る。

「今日の、おすすめは、早ほりれんこん。さあ、買った、買った、買ったー」

しきりに川柳《せんりゅう》をならべ、今日も大繁盛《だいはんじょう》だったみたいだ。

父ちゃんはきげんよくいう。

「おーい、酒」

母ちゃんはムッとしていう。

「一度くらい　いわせてほしい　『おーい、メシ』」

「いうくらい　いわせてやるよ　なんどでも」

「よくいうわ　いったら、『うるさい！』　いうくせに」

「わかってたら、とっととしたくしろ！」

大声をあげた父ちゃんは、オレを味方にしようと、いつものように。

「ったく、ああいえばこういう、うるさい女房《にょうぼう》だ。そろそろだれか、口につけるチャックというものを発明してもいいんじゃないのか。そうすれば、一番に買ってやるのに、なあ」

いくら小声だからって、母ちゃんにはまる聞こえだ。

調子に乗って、父ちゃんのかたを持ったりしたら、とばっちりを食らうことはわかっている。

だからおとなしく、今日も野菜をたらふく食べる。

そして、「ごちそうさま」をしたオレと父ちゃんは、寝転《ねころ》がってテレビの時間。

母ちゃんだけが片づけに立つ。

「あっ、いったぁ！」

「どうした？」

台所から聞こえる声に、父ちゃんが反応した。

「また、切れちゃったのよ」

「おまえ、ちゃんと、薬ぬってるのか？」

「そんなもの、ぬってるひまないわよ。いま、料理したかと思えば、すぐに後片づけでしょ。昼間なんて、それでまたすぐに、お店に出なくちゃいけないんだし」

「わかったよ。オレがやるよ。どけっ！」

父ちゃんが皿洗《さらあら》い！

まちがいなく、明日は嵐《あらし》だ。

「おい、順平《じゅんぺい》、手伝え」

「えー、なんだよ、それ？」

オレはしぶしぶ台所にいく。

うっわ、あわだらけ。

これだけあわがあると、よくすべる。

ガッチャン、という音が台所にひびいた。いっておくけど、オレではない。

「ひゃっはっは」

オレと父ちゃんは、ちぢこまった笑いをしながら後ろを見た。

「もう、いいいっ！　よけいなことしないで！」

でたあ。日本一、ツノが似合《にあ》う顔。

父ちゃんはあわてて、その場を取りつくろおうとする。

「あれだよ、あれ」

「なにっ！」

「最近じゃあ、かってに皿を洗《あら》ってくれるやつがあるらしいじゃないか」

「あるわよ。ある、ある」

と、母ちゃんはツノを消して歩みよった。

「おまえが、くだらねえ服なんか買わなかったら、あれが買えたかもしれないのに。まあ、しかたないな。がまん、がまん」

結局、父ちゃんは、われた皿とおこった母ちゃんを、そのままにして風呂《ふろ》にいった。

でも、いつもの母ちゃんなら、こんなことでは終わらせない。ましてや今日は、皿を一枚わられているわけだし、風呂場まで追いかけていってもおかしくない。

ははーん。母ちゃんが急に、カゴの中の雑誌《ざっし》をきれいにそろえたのを、オレは見のがさなかった。

ぜったいに、なにかある。

オレは母ちゃんの横を、なにくわぬ顔をしてとおりすぎ、くるりとまわって雑誌のたばをぬいた。

「あっ、ちょっ、ちょっとぉ！」

母ちゃんのあせった声。

いったい、なにがあるんだ？

オレはにげながら、ひとつひとつをチェックする。

「見っけ」

食器洗い機のパンフレットだ。

母ちゃんは、もう、買うつもりでいた。そんなときに父ちゃんから、それらしい話が出たから、なんとかうまくいいくるめようと、たくらみはじめたっていうところか。

母ちゃんがオレの顔色をうかがってきた。

「おこづかい、百円アップでどう？」

だめ、だめ。ここは。

「二百円」

「んー、百五十円」

「せこい」

ばっさり切ると、母ちゃんは泣く泣くいった。

「わかったわよ。その代わり、協力しなさいよ。成功報酬《ほうしゅう》だからね」

「りょうかい」

交渉《こうしょう》成立だ。千夏との夏まつりがダメなら、こづかいくらいは手に入れてやる。

七　ハデおばさん

麦わら帽子《ぼうし》と、ぶかぶかの長ぐつも、今日で三日目だ。

オレはだいぶはきなれた長ぐつで、すたすたと大根畑に向かう。

ところがそこに、鈴木《すずき》のかっちゃんはいなかった。ナスのほうにも見あたらない。

「なんだよ。帰るぞ」

オレは麦わら帽子を頭からはずして、人さし指でくるくるまわしながら、鈴木のかっちゃんちにもどった。

すると、運悪く、庭側の窓《まど》がすこしあいているのが見えてしまった。

ちぇっ、いるのかよ。

中のようすをうかがおうと、玄関《げんかん》に耳をくっつけると、カギのかかってない引き戸がすこし動く。

やっぱり、いるんだ……。

しかたがない。オレはそろそろっと戸をあけて声をかけた。

「あのう、おはようございます」

「はーい。だれー」

茶髪《ちゃぱつ》にぱっちりまつ毛の、ハデなおばさんが出てきた。

「あ、あの、八百平の順平《じゅんぺい》です」

「は？　なんのよう？」

マニキュアをぬっていたらしい。赤いツメをふうふうとかわかすハデおばさんに、オレは冷たくあしらわれる。

「畑に、おばあさんがいないんですけど」

「あー、畑にきてる子？」

「はい」

「母さんなら、ねてるわ」

鈴木《すずき》のかっちゃんの子どもか。あいそうのなさは似《に》ている。

「昨日、雨にうたれて、かぜをこじらせたみたいなのよね。悪いけど、帰ってくれる？」

「あ、はい」

オレはさらりと答えて小屋にいく。

麦わら帽子《ぼうし》と長ぐつをかえして、自転車にまたがると声がした。

「ねえ、ちょっと、アンタ。電話するまで、こなくていいわよっ！」

なんだ、あの態度《たいど》。オレは手伝いにきてやってるんだぞ。

あまりのぶっきらぼうないいかたに、カッカしながら自転車をこいできたけど、
だんだんと頭がまわってきた。

よっしゃあ！　今日は、のんびりできるぞぉー。

あーあ、ずっと、かぜひいていてくれないかなあ。

神様、どうか、明日も、なおりませんように！

そう思っただけで、ペダルはすいすいとまわりだし、オレは気分よく帰る。

「ただいまっ」

「ふん？」

父ちゃんがふしぎそうに首をつき出した。

「おばあさん、かぜだって」

「そうか……。今朝、畑にいなかったんだ。鈴木《すずき》のかっちゃん、かぜひいちまったのか。たいへんだなあ」

「そうだね」

オレはてきとうに返事をして、二階にいく。

「あ、電話するまでこなくていいって、おばあさんの子どもがいってた」

「娘《むすめ》さんがきてるのか。そりゃあいい」

父ちゃんはひとりでうなずいていた。

そして次の日、オレはいのっていた。

「電話、なりませんように。なりませんように」

これは、ねがいがとどいたか。八時になっても連絡《れんらく》はなかった。

「おいおい、鈴木のかっちゃん、まだ、ぐあいが悪いのか」

父ちゃんはまゆをひそめている。

「そうなんじゃない」

オレはゆるみそうなほほを、ぐっとふみとどめる。

「鈴木《すずき》のかっちゃんも心配だけど、畑も心配だな。とくに、いまの時期の大根は、育ちすぎると、すぐにトウが立ってスが入ってしまう」

「ふーん、そうなんだ」

「娘《むすめ》さんは、どっかの会社ではたらいているっていっていたからな。畑のことは、なにもわからないだろう」

「じゃあ、たいへんだね」

「だよな」

ん？　オレ、いま、なんかへんなこといった？

父ちゃんの見開いた目が、とっても気になる。

「よっし、順平《じゅんぺい》、おまえ、ひとりでやってこい」

え、え――っ！

「オレ、ひとりでっ！」

「ああ、がんばってこい」

「そんなあ……」

なんでこんなことになるんだ？　「神様、明日も、なおりませんように！」のバチなのかよ。

うなだれるオレの横で、父ちゃんは母ちゃんにいっている。

「おい、あの、かりんのやつを作れよ」

「ああ、あれね。いいわよ」

母ちゃんはあかぎれた手で、「うー、しみるぅー」といいながら、ショウガをすりだした。

そのショウガのしぼり汁《じる》を入れた、我が家特製《とくせい》のかりんジュースをビンにつめるあいだ、オレは父ちゃんに聞かされた。

「鈴木のかっちゃんの手を見るたびに、がんばらなきゃって思うんだよな」

「あのおばあさんの手?」

「ああ、そうさ。あのな、大根を受け取るとき、この手と、鈴木のかっちゃんの手がならぶだろ」

「うん」

うなずいたオレは、父ちゃんの大きな手を見た。なにかを受けとめるように広げた手は、すごく力強い。

「そうすると、くやしいけど、負けたって思うんだよ。鈴木《すずき》のかっちゃんの手は、あつみがあってさあ、なんともたのもしいんだ。それに、指先には土がしみついていて」

「知ってる、知ってる」

「そうか。毎日、がんばってはたらいていますって感じだろ？」

「えっ、あ、うん」

「娘《むすめ》さんのからだが、弱かったらしいんだ。それで、どんなに手間がかかっても、無農薬でからだにいいものをって、一生けんめいに作ってきたんだよな」

「へー」

あのハデおばさん、からだが弱いんだ。

「その勲章《くんしょう》みたいな手に、父ちゃんのこの手なんか、まだまだ勝てないよな」

じゅうぶん勝てると思うけど、父ちゃんは小さく息をついている。

それから急に顔を持ちあげて、目をかがやかせた。

「そういえば、あの手でにぎったおにぎりが、また、格別《かくべつ》なんだよ。形はしっかりしているのに、口に入れるとほろっとくずれてさー。塩加減《しおかげん》も絶妙《ぜつみょう》で、うまいんだよなあ」

げっ。あの、おにぎりを食べたんだ。

でも、「あの手のどこがいいんだよ。あんな手でにぎったものが、よく食べられるね」なんてことはいえなかった。

そんなひどいことをいう人間は、最低だということくらいはわかっている。

オレはなんだかもやもやした気持ちで、鈴木のかっちゃんちに向かった。

「おはようございます」

引き戸をあけて声をかけると、あのハデおばさんが出てくる。

「あれ、なに？　電話するまで、こなくていいっていったと思うけど」

「あ、はい。これ、うちで作ったかりんジュースなんですけど、おばあさんにと思って。それから」

オレの言葉をさえぎるように、ハデおばさんのケータイが鳴った。顔もハデなら、音楽もハデだ。

そのケータイにしゃべりながら、「母さんは、あの部屋にいるから、かってに入れ」と、手とあごでいっている。

「あ、あのう……」

大根をぬきにきたんですけど、といいかけてやめた。

ケータイの相手は、ずいぶんと気に入らないヤツみたいだ。はげしい口調で食ってかかっているから、オレはおとなしく、あごが向けられた部屋に入ることにした。

すずしい。汗《あせ》がすーっと引いていく。

ここは客間みたいだ。なにも置かれていないたたみの部屋の真ん中で、鈴木《すずき》のかっちゃんは頭を奥《おく》にして布団《ふとん》でねていた。

オレは戸の近くにつっ立ったまま、どうするべきかを考える。

とりあえずその場に、どてっとすわってみたけど落ちつかない。

鈴木のかっちゃんの口からは、「はーぁ、はーぁ」と、苦しそうな呼吸《こきゅう》が聞こえてくる。ひざを立てて顔をのぞきこむと、真っ黒に日焼けしたほほが、赤くなっているのが見えた。

病院には、いったのかよ?

熱は、何度?

ちゃんと、薬は飲んだの？

気がつくと、オレは布団の横にすわっていた。

でも、あぐらっていうのもどうかと思う。

いつまでもつかわからないけど、とりあえず正座《せいざ》でもしてみるか。

じっと顔を見ていると、疑問《ぎもん》がわいてきた。

起きているのか？　それとも、ねむっているのか？

それをたしかめるために、そっと話しかけてみた。

「おばあさん、だいじょうぶですか？　これ、オレんち特製《とくせい》の、かりんジュース。かぜによくきくんですけど」

え、なんだ？

鈴木のかっちゃんの右手が、正座をしているオレのひざに向かってのびてきた。

近い。

六センチ。大根の首一本のところに、鈴木のかっちゃんの手がある。

なにかをつかむように、指先が軽く折れ曲がった手。

あのとき見たように、真っ黒でしわくちゃだ。

でも、つやつやひかっている。

太くて短い指の先にある、幅《はば》の広いツメのふちは、やっぱり土色にそまっているけど、きれいに切ってある。白いところなんて一ミリもない。

だれかの手を、こんなに間近で、じっくり見たのはひさしぶりだと思う。

そういえばこのあいだ、川柳《せんりゅう》の授業《じゅぎょう》で母ちゃんが、「お父さんやお母さん、おじいちゃんやおばあちゃんの手もゆっくり見てみなさい。感謝《かんしゃ》の気持ちをあらためて思うことができるはずよ」なんてことをいっていたよな。

母ちゃんの手か……。

母ちゃんの手は、いたいたしくて見ていられないんだ。かわいそうで、あまり見ちゃいけないような気さえしてくる。

だけど、むかしはよく見ていた。

真冬に、「寒かったー」って学校から帰ってきたオレのかじかんだ手を、両手でしっかり包みこんで、あたためてくれていたからな。

赤くはれていたり、まるめた紙のようにかさかさしていたりしたときもあったけど、いつだって、あたたかかった。

だからわざと、雪をさわってから帰ったこともあったっけ……。

で、どうする？　こういうときは、やっぱりにぎりしめるのか？

いやそれは、テレビドラマの見すぎというものだ。

オレは知らんふりして、ちょっと後ろにさがることにした。

そういえば、ハデおばさんはなにをしているんだろう。

正座《せいざ》も限界《げんかい》に近い。オレは立ちあがり、戸をすこしあけてみた。

話し声が聞こえる。たぶん台所からだ。

ちょうどいい、コップをもらいにいこう。

「だから、その仕事は、来週にまわしてっていってるでしょ！」

ハデおばさんは左手でケータイを持ち、右手で米をといでいる。

あのう。といいかけたとたん、ひときわ、声があがった。

「あー、もおっ！　ネイルが、はがれちゃったじゃない」

そりゃあ、はがれるだろう。

「あ、ちょっとまって」

やっと、オレに気がついた。けど、あからさまに、めんどうくさそうだ。

「ほんと、役に立たない子たちなんだから。で、なにっ?」

「あのう、コップを」

「あー、そのへんのを持っていって」

はいはい、そのへんのねー。

お盆《ぼん》の上にふせてあったコップを手にして、もどろうとするオレの背中《せなか》に、ハデおばさんは聞く。

「ねえ、母さん、起きたの?」

オレはふりかえって首をかしげた。

ハデおばさんは、「あっそう。じゃあ、なんで、コップがいるのよ」とでもいいたげにオレを見て、「ああ、もういいわよ。あっちいって」と、手で追いはらっている。

まったく、腹《はら》の立つ態度《たいど》だ。

あのおばさん、自分のために鈴木《すずき》のかっちゃんが、一生けんめいに野菜を作ってきたことを知ってるのか!

ムカムカしながら部屋にもどったオレは、深呼吸《しんこきゅう》をして心を落ちつかせる。それから、コップにジュースをそそいで、鈴木のかっちゃんが目を覚ますのを待った。

その鈴木のかっちゃんの右手は、たたみに転がったままだ。

こまったことに、それが気になってしかたがない。

とりあえず、布団《ふとん》の中にもどそうか。

そうだ、そうしよう。それだけでいい。

オレは鈴木のかっちゃんの右手を、ゆっくりと持ちあげた。

冷たい。

クーラーのせいだ。オレがそのままにしていたせいだ。

きっと、あたためないとやばい。

オレは決心して、両手でそっと包みこんだ。

父ちゃんがいっていたように、ぶあつい。クワのあとかな。マメがたくさんできていて、ごわごわしている。

でも、どうしてだろう。

冷たい手にふれているオレのからだが、胸《むね》のあたりからだんだんとあたたまってきた。

あのころの母ちゃんの手とおなじ、やさしいぬくもり。ひなたぼっこの、あたたかさを感じはじめた。

そのときだ。

いきなりすうーっと、戸があいた。

まずい。ハデおばさんの目が、オレの手にある。

オレはにぎった手のはなしかたを知らない。ただ、ハデおばさんの視線《しせん》にたえてかたまっていた。

ハデおばさんは、はがれたマニキュアをぬりなおしたらしい。またふうふうと、指先に息をかけながら、ぼそっと口を開いた。

「むかしね、その手がいやだったのよ」

やっぱり、このおばさんは、なにもわかっていない。

オレは赤いマニキュアがぬられた、白くて細い手をにらんだ。

その手が、鈴木《すずき》のかっちゃんの左手を、ゆっくりと布団《ふとん》から出した。

そして、ほとんど息だけのかすれた声で、ぼそぼそと話しだした。

「小学生のころって、町内会で、おまつりとか運動会とか、いろんなイベントがあるでしょ。あるときね、母さんたちがみんなで、おにぎりをにぎっていたの。そうしたらね」

ハデおばさんは声をつまらせると、ますます弱々しくいった。

「わたしの母さんがにぎったのだけ、取り残されたのよ。この手をあわせてにぎったおにぎりは、だれも食べようとしなかったの」

オレのことだ……。

一瞬《いっしゅん》のうちに、胸《むね》がキューってちぢんでいくのがわかった。

「そりゃそうよね。こんなに……」

ハデおばさんは、それ以上は話さず、無理に笑顔を作っている。

「わたしのために、みんなのために、おいしい野菜を育ててくれているというのにね」

わかっていないのはオレだった。

頭が真っ白になりかけるオレの前で、ハデおばさんはポケットから、うすいピンク色のマニキュアを取り出した。白くて細い指で筆をすべらせて、鈴木のかっちゃんのツメをそめていく。

あっ、鈴木《すずき》のかっちゃんの両手がピクッと動いた。

「ああ、ごめん、ごめん。起こしちゃったわね。かわいい子が、おみまいにきてるわよ。かりんジュースですって。飲む？」

鈴木のかっちゃんがゆっくり目をつむると、ハデおばさんは鈴木のかっちゃんの背中《せなか》の下に手を入れた。

「はい、じゃあ、からだを起こすわよ。どっこいしょと」

鈴木のかっちゃんの手が、オレからするりとはなれていく。

さっきから、目の奥《おく》でなにかがわきはじめるのを感じていたオレは、それがふくれあがるまえにあわてていった。

「あ、あのう。父ちゃんに、大根にスが入るから、ぬいてこいっていわれたんです。オレ、いまから、畑にいってきます」

「ああ、そりゃたすかる」

鈴木のかっちゃんは、わずかに口の両はしをあげた。

オレは作り笑いさえできない。くちびるをかんで部屋を出る。

鈴木のかっちゃんがいないと、どどぉーっと広がった畑は、ますます広く感じた。

大根もずっしり重いし、長ぐつをはいた足も重い。

けれども今日は、胸《むね》のあたりのほうがずっと重い。

鈴木のかっちゃんは、取り残されたおにぎりを見て、どう思ったんだろう……。

そう考えると、ずしん、ずしんと、胸の重みはましていく。

汗《あせ》にまみれて、目からもしずくが落ちた。きっとひどい顔をしている。

その顔を、Tシャツの右そででこすったときだ。

「ひとりでやってるの？」

とつぜんの声に、肩《かた》が飛びあがった。

な、なんで？　なんでこんなときに、千夏があらわれるんだよ。

千夏は千夏で、見てはいけないものを見てしまったかのような顔をしている。

だからオレは急いで、ふつうのそぶりをしていった。

「お、おばあさんが、かぜで寝《ね》こんでて」

それからちょっと横を向き、せいいっぱいいきがってみせた。

「あ、あのさ、夏まつりのことなら、もういいよ。わざわざいいにきてくれて、ありがとう。待ちぼうけするより、ずっといいや」

しばらく待っても千夏がなにもいわないから、おそるおそる顔を向けたら、思ってもいない言葉がかえってきた。

「どうして?」

「どうしてって……」

千夏はオレの返事を待たずに、

「エリとマキに、近くにいくなら、手伝ってくればっていわれたの」

といいながら、大根の首に手をかけた。

「やめろよ。そんなことしたら、手がよごれちゃ……」

いいかけたオレは、はっとした。

「あ、えーと、じゃなくて、あとで、きれいに洗《あら》えば、だいじょうぶだけど……」

やばい。どうにか引っこめたはずの涙《なみだ》が、またあふれそうになる。

でも、千夏の一生けんめいなすがたを見ていたら、なんだかおかしくなってきた。

だって、ぜんぜん、ぬけていないんだ。

「ななめに引っぱってもぬけないよ。大根はまっすぐにはえているんだから」

「あ、そっか」

「それから、六センチ」

「え？」

「直径が、六センチより太いのをぬいていくんだ」

「ふーん」とうなずくようにする千夏に、オレはいう。

「手、見せて」

首をかしげながら、そっと出した千夏の手は、やっぱり小さい。

オレはその小さな手と自分の手を、ちょっと遠くから見くらべた。

「オレのこの人さし指の長さだから、千夏でいうと、その中指だね」

大根の首に人さし指をあてがいながらぬいていくオレのとなりで、千夏も中指でたしかめては、まっすぐに引っぱっていく。

そして、十本ずつくらいぬき終えたとき、千夏がいった。

「日焼けした　順平《じゅんぺい》くんの手　たくましい」

え？

「あ、ごめん。また、名前入れちゃった」

「い、いいよ、べつに」

けど、なんだよ、急に。オレだって、いいたくなるじゃないか。

「千夏の手　ぷくぷくピンク　かわいい手」

って、どさくさにまぎれて、オレはいったいなにをいっているんだ。

耳までほてったこの顔を、できることなら、ぬきたての大根で冷やしてえよ。

しかもオレときたら、このあともどぎまぎしっぱなしで、千夏をまともに見ることさえできないし、話す言葉もぎこちなくて、「あっついよね。あ、でも、夏だからしかたないか」とか、「そういえばさあ、宿題やってる？　オレはまだだけど、っていうか、たぶんやらないけど……」とかの、しょうもないことばかり。

それでも千夏は、ずっと手伝ってくれて、オレたちは一輪車に二杯の大根を小屋に置いて帰った。

八　あと、六センチ

次の日の朝、仕入れから帰ってきた父ちゃんがいった。

「今日は、鈴木《すずき》のかっちゃん、畑にいるからな。かりんジュースが、よくきいたそうだ」

それはよかったけど、昨日は千夏のことで頭がいっぱいだった分、「鈴木のかっちゃん」と聞いたら、よけいに後ろめたい気持ちになってきた。

今日は、夏まつりなのに……。

オレはよたよたと、もつれる足で家を出る。

そのあとを、父ちゃんが追いかけてきた。

「順平！　帰りに、ちょっと、電器屋によってきてくれないか」

「いいけど、なに？」

「食器洗い機のパンフレット、二、三冊《さつ》もらってこい」

「ほーい」

これで、こづかい二百円アップは、ものにしたのも同然だ。なんだか、不戦勝って感じだな。

だけど、はぁー。

足のせいか、気持ちのせいか、やっぱり今日もペダルが重い。十五分の道のりは遠かった。

あれ？　小屋に、麦わら帽子《ぼうし》も長ぐつもない。

「やあ、おはよう」

ベースボールキャップとスニーカーのまま畑にいくと、元気そうな鈴木のかっちゃんがいた。

そして、そのとなりに、麦わら帽子をかぶって黒い長ぐつをはいた、ハデじゃないハデおばさんがいる。

「おはよう。悪いわねえ、順平くんのをもらっちゃったわ」

オレは「いいえ、どうぞ、どうぞ」と、心の中で返事をする。

「昨日は、ありがとうな。おかげで、大根にスが入らんですんだわ」

「あ、はい」

お礼をいわれたら、ちょっとは気が楽になったかも。

「娘《むすめ》が手伝うっていうんで、大根は、もうほってしまったでな。今日は、種をまいてもらうぞ」

鈴木《すずき》のかっちゃんはうすいピンク色のツメの手で、小さな袋《ふくろ》を持ってきた。

「この穴《あな》に、六粒《つぶ》ずつだ。くっつけないようにな」

へー、こんなちっぽけな種から育てるんだ。袋の中の種は、ほんの二、三ミリだ。オレはそれを、ハデおばさんがウネに空き缶《かん》であけた、一センチくらいの浅い穴に、ていねいに置いていく。

鈴木のかっちゃんは、その上に土をうすくかぶせては、手のひらで軽くおさえつけていた。

いまからする水やりで、種が流されないようにしているんだってさ。

こうやって、三人でならんでまいた種。おいしい大根ができますようにって、オレは心のすみっこでいのっていた気がする。

「それじゃあ、水もあげてもらおうか」

畑にも水道があったんだ。鈴木のかっちゃんがずりずりと、長いホースを引っぱってきた。

「高い位置から、やさしくかけてくれな」

鈴木のかっちゃんがやって見せてくれたように、オレはシャワーヘッドを上に向けて、山なりに水をまいていく。

ひととおりかけ終わると、鈴木のかっちゃんがいった。

「どうだ、だいぶ日に焼けて、足腰《あしこし》を使って、ちいとは、百姓《ひゃくしょう》のたいへんさがわかったか」

「はい」

オレはぺこりとうなずいた。

「じゃあ、卒業だ」

やったあ！　と思ったのも、つかのま。

「あら、いいの？」

ハデおばさんが、オレの心のさけびの邪魔《じゃま》をする。

「いっておくけど、まだ少しは仕事も続けるんだし、わたし、毎日は手伝えないわ

よ」

そんなあ……。

「いいさ。気が向いたときだけで」

鈴木《すずき》のかっちゃんはよゆうの表情《ひょうじょう》だ。意地悪っぽく笑っていう。

「三日に一度くらいは、気が向くかね？」

ハデおばさんも、おどけて答えた。

「どうかしら。週に一度くらいかもよ」

すると、鈴木のかっちゃんは。

「じゅうぶん、じゅうぶん」

じゃあ、オレの卒業は？

オレは鈴木のかっちゃんの顔を、のぞきこむようにじっと見た。

「卒業だ」

「よっしゃあ！」

やっぱ。ガッツポーズまで出てしまった。

鈴木のかっちゃんとハデおばさんが、くすくす、くすくすと笑っている。

「その代わり、お父さんとお母さんの手伝い、しっかりするんだぞ。お母さん、たいへんな手をしてるそうじゃないか。いいなっ」

母ちゃんの手？

父ちゃんが話したのか……。

「さあ、帰るか」

すこしはマシになったへっぴり腰《ごし》で一輪車をおすオレに、鈴木《すずき》のかっちゃんがいった。

「かりんジュースのお礼に、おにぎりでもごちそうするか」

うおっ、ツバがわき出てきた。もちろん、オレはいう。

「いただきます」

鈴木のかっちゃんの横で、ハデおばさんがうれしそうな顔をしているのがわかった。

それにつられて、オレもうれしくなる。

よーっし、こうなったら、いくつでも食べてやるぞ！

気合いを入れて、大根を小屋に下ろし終えると、あざやかな緑がちらばった、菜

メシのおにぎりがまっていた。

オレはいっきにかぶりつく。

「うっまあ」

父ちゃんがいっていたように、ほろっと口の中でくずれた。それに、菜っ葉がシャキシャキしていて、いい香り。

「手と手をあわせて作ったものは、うまいに決まってる」

鈴木《すずき》のかっちゃんはほこらしげに、そういった。


「たっだいまあ！」

「あれ、早くないか？」

父ちゃんが腕時計《うでどけい》をちら見した。

「卒業だって」

「卒業？」

「うん。もう、こなくていいって」

「鈴木のかっちゃんが、そういったのか？」

なに、そのひっかかったいいかた。

オレはうかれた声を出す。

「そうだよぉー」

「なら、しかたないか……」

へへーんだ。なんだか今日は、いい日になりそうだなあ。

「娘《むすめ》さんが手伝うらしいよ」

「あの、娘さんが？」

「うん」

「そういうことなら、しかたないか。せっかくの親子水入らずを、邪魔《じゃま》しちゃ悪いからな。よし、おまえは、野菜洗《あら》うのを手伝ってこい」

「オッケー」

やってる、やってる。店の裏《うら》にいくと、母ちゃんがあかぎれた手で、土のついたニンジンを洗《あら》っていた。

オレはいってみる。

「ねえ、ゴム手袋《てぶくろ》してやれば」

母ちゃんは、あのときとおなじように答えた。

「母ちゃんは、ただ、洗《あら》ってるだけじゃないのよ。野菜の顔や肌《はだ》を、たしかめながら洗ってるのよ。順平《じゅんぺい》のひざこぞうみたいに」

「ザラザラしたケガのあとはないかなとか、母ちゃんみたいに、ピンピンした肌をしてるかなって、でしょ？」

「やだ、なによ？」

へへ、知ってるよ。

いつも、ごくろうさま。食器洗い機、なんとかしなくちゃね。


そして昼すぎ、オレは家を出る。

「おい、順平、出かけるのか」

「うん、夏まつり。拓也と約束してるんだよ」

ふんっ。これくらい、拓也を使わせてもらわないとわりがあわない。

それから、母ちゃんに聞こえるように、わざと大声でいう。

「あ、父ちゃん。たのまれてた食器洗い機のパンフレット、テーブルの上に置いといたからぁー」

「お、おい。よけいなこというなよっ」

「えー、食器洗い機！　ねえ、そんなこと順平にたのんでいたのぉ？」

しらじらしく、父ちゃんにからだをよせる母ちゃん。

よっ、名演技《めいえんぎ》！

「知るかっ。『記憶《きおく》ない　国会だって　通用す』」

「われた皿　見ればきっと　思い出す」

「通帳《つうちょう》を　見ればきっと　わすれるさ」

「だいじょうぶ　節約名人　ここにあり」

「節約って　なにを節約するんだよ？」

父ちゃんに背中《せなか》を向けた母ちゃんが、目じりをぐっとさげた顔を作ってふりかえる。

「お・サ・ケ」

ケで、手をまるめてネコにすると、いつもはかくしている側のぱっくりとひらいたあかぎれを、父ちゃんに見せつけた。

「うっ、うー」

うなる父ちゃんの手を、母ちゃんはしっかりにぎってはなさない。

「ねえ、いっしょに、パンフレット見ましょうよ」

「見るだけだぞ。酒はやめないぞ。だれも、買うとはいってないからな」

つべこべいいながらも、父ちゃんが母ちゃんのとなりにすわったのを見とどけて、オレは家を出た。

＊＊＊

午後三時、文化会館の入り口。青い空の下、オレは千夏を待つ。

昨日、ちゃんと約束しなかったけど、きっときてくれると信じて待つ。

でも、どうなっちゃってるんだよ、オレの手は。

オレは汗《あせ》ばむ両手をじっと見た。

千夏はたくましいなんていってくれたけど、父ちゃんの力強さには、とうぶん勝てそうにない細い指だ。

マメもなければ、あかぎれもない。
母ちゃんや鈴木《すずき》のかっちゃんの、がんばってる手にも、思いっきり負けている。
「えらく、かわいらしい手」と、バカにされてもしかたがないか。
だけど、オレだっていつかは、ほんとうのたくましい手になってみせるさ。
父ちゃんみたいな、力強くて男らしい手にね。
まあ、今日のところは、かわいい手は、かわいい手どうしでいこう。
だって、もうすぐ……。
ほら、千夏がやってきた。
ぷにょぷにょホッペをはずませてやってきた。
「ごめんね。おそくなっちゃった」
「ううん、ぜんぜん。い、いこうか」
やばい。また、じわじわと、手に汗が。
オレは千夏に気づかれないように、気づかれないようにして。
左手をさりげなく背中にまわし、汗をぬぐった。
そして、そして。

人ごみの中、肩《かた》をならべて歩く千夏とオレ。
うー、「超《ちょう》接近　心臓《しんぞう》の波　とどきそう」。
でも、「つなぎたい　その手まで、あと　六センチ」。
近くて遠い、六センチ！
うぉお――――――――――――――――っ。

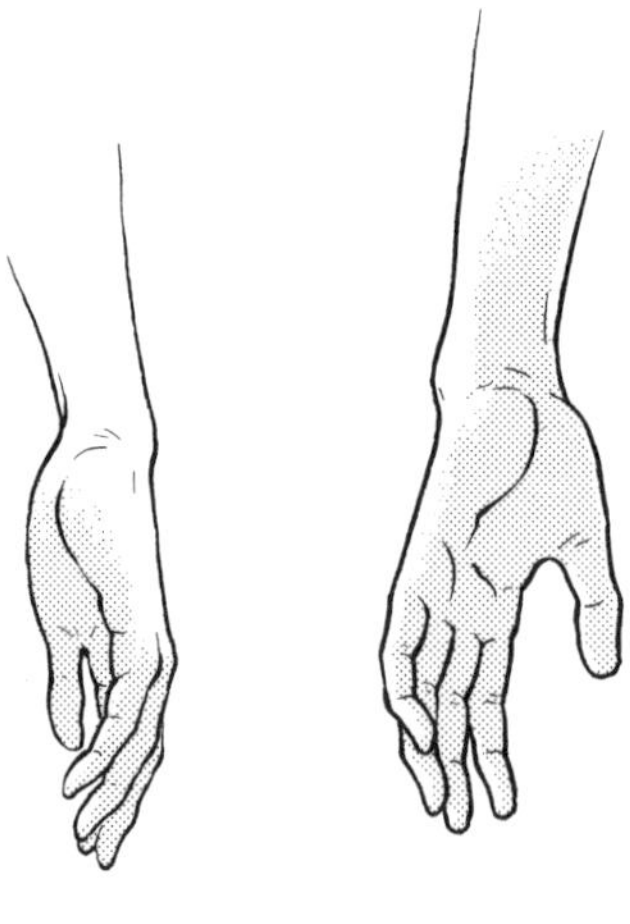

あとがき

みなさんは、川柳《せんりゅう》を詠《よ》んだことがありますか?

世間では、いろんな川柳を募集《ぼしゅう》しているみたいですよ。サラリーマン川柳や、おじいちゃんおばあちゃんのシルバー川柳は有名ですが、ほかにも、オタク川柳や、足クサ川柳といった、おもしろそうなものもあります。トイレ川柳や、学校川柳だったら、読者のみなさんにも、楽しい川柳がいっぱい詠めそうですよね。

あ、この本を読んだ感想も、川柳で詠んじゃったりして。

「ちぢんだの? ちぢんでないの? 六センチ」とかね。

ところでみなさんにも、順平《じゅんぺい》のように「手をつなぎたいなあ」と、ひそかに思いをよせている子がいるのかしら。

じつはわたしは、順平の母ちゃんといっしょで、手の皮膚《ひふ》がとっても弱いのです。小学生のころから、しわくちゃでカサカサの手をしていたから、人にさわられるのも、見られるのも大きらい。好きな子と手をつなぐなんて、とんでもないっていう感じでした。

もう少し大人になってからも、病気をわずらった母の代わりにやってきた炊事《すいじ》、掃除《そうじ》、洗濯《せんたく》などの家事仕事は、わたしの手をますます荒らしていき、気がつくと両手に十ヶ所くらい、あかぎれを起こしていることもありました。

でもそんな手も、やっとこのごろ、きらいではなくなったかな。

それは、いろんな手との出会いがあったからです。

鈴木《すずき》のかっちゃんのように、無農薬野菜を育てている方々の、土色が染《し》みついた手。

東日本大震災《だいしんさい》のあと、漁師歴《りょうしれき》六十年の男性が、「こんなに、きれいになっちまった。こんな手は、死んだ手だ」といいながら新聞記者に見せた、つややかながらもさびしそうな手。

わたしの英会話教室の生徒のお母さんで、「先生、ありがとう」といって、わたしの手をにぎってきた、飲食店を経営《けいえい》するシングルマザーの、わたしよりもひどくカサカサした手。

どの手も、とってもすてきでした。すてきな生き方をしている手だと感じました。

そう思って自分の手を見たとき、わたしの手もがんばってきたよねって思うことができたのです。

みなさんも、まわりにいる人の手を、一度じっくり見てみませんか。

どうかこの本が、たくさんのすてきな手と出会うきっかけとなれますように——。

万乃華れん

万乃華れん（まのか れん）　作者
1966年、愛知県に生まれる。日本児童文芸家協会会員。こども英会話教室勤務時、児童文学に触れ、童話を書きはじめる。2013年に福島正実記念SF童話賞大賞作品『声蛍』（岩崎書店）でデビューし、本作品『五七五の夏』が二作目となる。

黒須高嶺（くろす たかね）　画家
埼玉県に生まれる。児童書を中心にイラスト・挿絵を手がける。学習分野では『えほん 横浜の歴史』『キリスト教と〈鎖国〉』『力の事典』（ともに岩崎書店）など、読み物では『七丁目 虫が、ぶうん』『1時間の物語』（ともに偕成社）、『くりぃむパン』（くもん出版）、『ツクツクボウシの鳴くころに』（文研出版）などがある。

文研じゅべにーる
五七五の夏
2016年8月30日　第1刷
2017年5月30日　第2刷

作　者　万乃華れん
画　家　黒須高嶺
ISBN978-4-580-82305-1
NDC913　A5判　168p　22cm

発行者　佐藤徹哉
発行所　文研出版　〒113-0023　東京都文京区向丘2－3－10　☎(03)3814-6277
〒543-0052　大阪市天王寺区大道4-3-25　☎(06)6779-1531
http://www.shinko-keirin.co.jp

印刷所／製本所　株式会社太洋社

©2016　R.MANOKA　T.KUROSU

・定価はカバーに表示してあります。
・本書を無断で複写・複製することを禁じます。
・万一不良本がありましたらお取りかえいたします。